JN123278

私の青山《せいざん》探訪

Ochiyama Yasuhiko

落山泰彦

澪標

(一)「縮み」志向の日本文化

京都 圓通寺 借景の庭

中国 承徳市 避暑山荘の園林

秘苑

秘苑のあずまや

蘇州 拙政園《せっせいえん》

（五）懐かしき行商の人たち

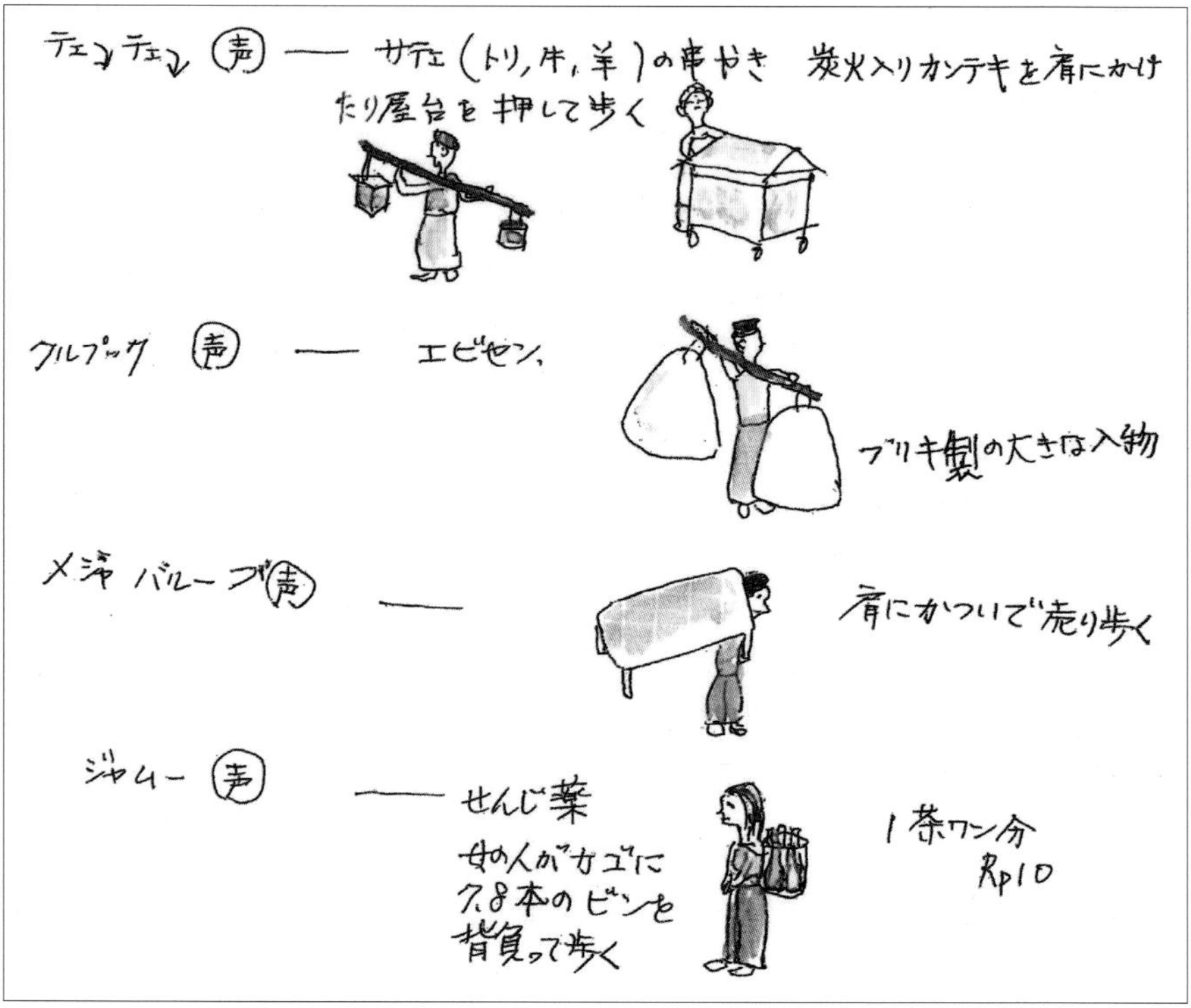
テェンテェン 声 —— サテェ（トリ、牛、羊）の串やき　炭火入りカンテキを肩にかけたり屋台を押して歩く
クルプック 声 —— エビセン、
ブリキ製の大きな入物
メジャ バルーブ 声 ——
肩にかついで売り歩く
ジャムー 声 —— せんじ薬
女の人がカゴに 7、8本のビンを 背負って歩く
1茶ワン分 Rp10

インドネシア　品物を売り歩くときの掛け声や音

田島康子 作

Yasu

「椰子の実」の歌をイメージして

田島康子 画

（六）歌の世界に遊ぶ

小さい頃の私の孫たち
　レジデンス芦屋スイート内にて

よいこのひなまつり
　コロンビアレコード・ジャケット

（七）食の世界に遊ぶ

世界三大珍味・トリュフ

長崎・からすみ

海ツバメの巣▶

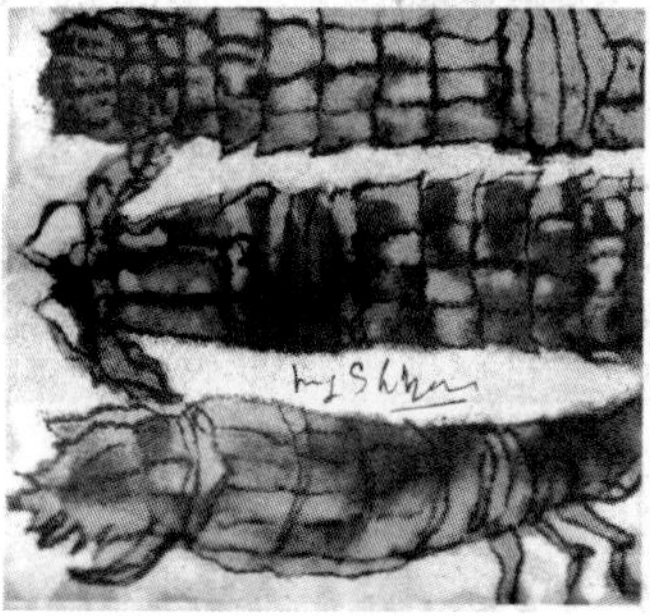

シャコ

中国・サソリの空揚げ▶

沖縄・豆腐餻《とうふよう》

（八）めぐみ廣田の大田植え

コバノミツバツツジ

神殿に並ぶ早乙女たち

先頭を歩く人

神社の田圃（たんぼ）にて田植え作業

（九）福の神招来の記

西宮神社の森に棲んでいた梟（ふくろう）

えびすさまの焼き物
西宮神社 資料展示室

傀儡師《くぐつし》故跡

新酒番船祝図
所蔵：西宮市図書館

古代の陸地・現在の陸地▶
西宮観光協会「ウブスナ」より

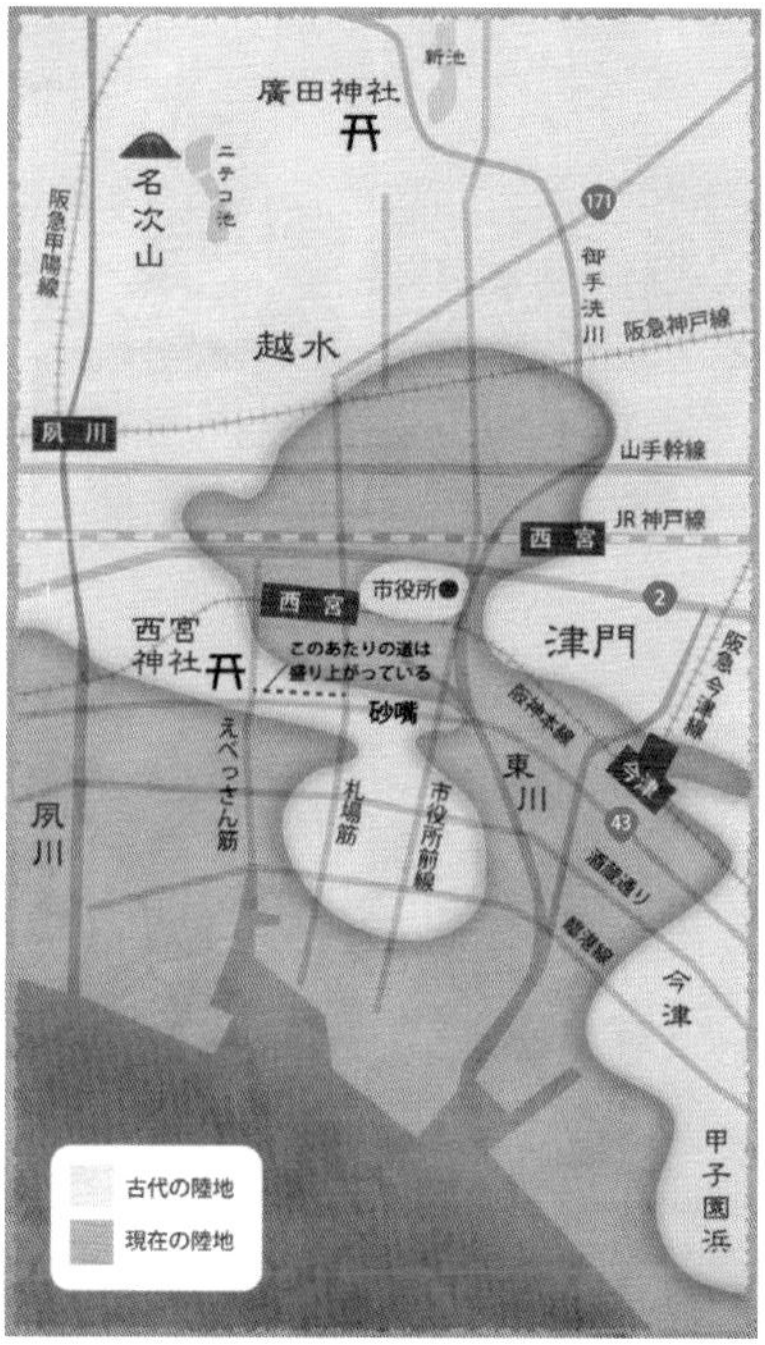

新酒番船航路▼
西宮観光協会「ウブスナ」より

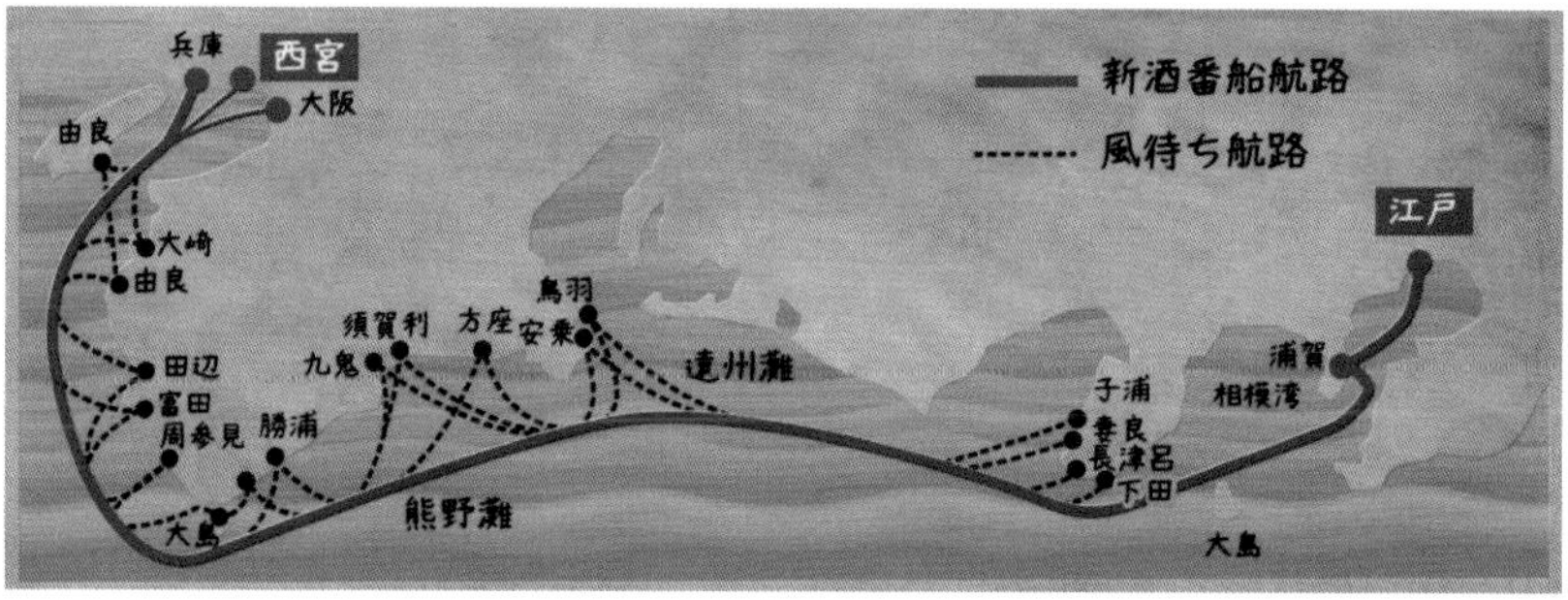

（十）ああ古里 播磨路よ

ヨーデルの森 アルパカの親子

神崎農村公園「ヨーデルの森」

福崎町 河童（ガタロウ）

神河町 砥峰高原

旧 尾田本家
現 香寺民俗資料館

私の青山《せいざん》探訪　目次

序—私が思うこと— 5
(一) 「縮《ちぢ》み」志向の日本文化 9
(1) 日本人の縮み志向 10
(2) 日本文化の特質 11
(3) 日本の庭園 12
(4) 韓国の庭園 13
(5) 中国の園林 14
(6) 日本企業 小型化で世界の市場へ！ 15
(二) コロナ禍雑感 17
(三) 昔の伝染病 25
(四) 小さい頃の思い出 29
(五) 懐かしき行商の人たち 35
(1) 田舎の行商の人たち 36
(2) 韓国・物売りの声 39

(3) インドネシア・物売りの声や音 40

(六) 歌の世界に遊ぶ 43

(1) 伊良湖岬《いらごみさき》を訪ねて 44
(2) あほたれと馬鹿たれ 49
(3) 「蘇州夜曲」と「村祭り」の歌詞 53
(4) 「うれしいひな祭」の歌詞ミスに思う 55
(5) 「釜山港《プサンハン》へ帰れ」に日韓の違いあり 58

(七) 食の世界に遊ぶ 63

(1) 珍味と下手物《げてもの》 64
(2) 三大珍味 69
(3) 日本の三大珍味 71
(4) 韓国の三大珍味 72
(5) 中華料理の三大珍味 74
(6) 私が推奨する珍味・美味料理 77

(八) めぐみ廣田の大田植え祭 87

(九) 福の神招来の記 101
(十) ああ古里播磨路よ 121
猪篠《いざさ》川から市川へ 122
神河町の誕生 126
カッパ妖怪の町・福崎 127
柳田國男の兄弟たち 130
柳田國男と水木しげる 134
播磨路に先祖ゆかりがあるお二人 135
母の実家のこと 138
あとがき 141
『私の青山探訪』に寄せて　倉橋健一 145

装幀　森本良成

序―私が思うこと―

日暮らし折々にペンを握りて、心に浮かぶ思い出を書き綴れば、ありし日のこと次々と目の前に現れ、そこはかとなく楽しけれ。

和顔《わげん》愛語の精神で、あせるな、おこるな、いばるな、くさるな、まけるなの「青い熊」をモットーとして、日々暮らしけり。※和顔愛語は無量寿経の一節。

かつては「おいあくま」といって漢字にすると「怒威焦腐負」となって、住友銀行の名誉会長だった堀田庄三の座右の銘なり。

齢八十四をすぎ、友の多くをあの世に見送り、ついには妻も見送れば、酒を友として孤独を愛す日々を暮らしけり。

チルチル、ミチルの青い鳥（あおいとり）をさがし求め、何処までも……。今日も御蔭様で生かされている。

私のあおいとり

あせるなよ。今日がだめなら明日がある。

おこるなよ。おこれば一つ老い、笑えば一つ若返る。斎藤茂太は「一笑一若《じゃく》」、「一怒《ぬ》一老」という。

いばるなよ。「人間みなチョボチョボや」と小田実《まこと》はいう。「人はみな大河の一滴」と五木寛之《ひろゆき》はいう。

とうい（当意）即妙に！　その場にうまく適応していこう。そして何事も臨機応変に！

りこう（利口）ぶるなよ。立身出世は夢のまた夢。いいじゃないか、平々凡々と生きようぜ。

人生なごりの風情《ふぜい》をペンに託して書き綴れば、「私の青山探訪」となりにけるかな。

今回の本のタイトルは迷いに迷った。「随想三昧」に始まり「人生余情」「福の神招来の記」「私の青い鳥」「石中の火」そして「私の青山探訪」といろいろ考えた。最後に倉橋先生より推選のあった「私の青山探訪」に決定した。
「人間到る処青山あり」の青山探訪である。

江戸時代末期の僧、釈月性《げっしょう》の有名な漢詩の一文である。

男児立志出郷関《きょうかん》　男児志を立てて郷関を出づ
学若無成不復還　学若し成ること無くんば復た還らず
埋骨何期墳墓地　骨を埋むる何ぞ墳墓の地を期せん
人間《じんかん》到処有青山　人間到る処青山あり

この漢詩、江戸時代の鎖国がまもなく終わるであろうことを予見して詠まれている。
世の中、その気になれば何処ででも死ねる。
そうであるから、故郷を離れ世界に雄飛するのに躊躇《ちゅうちょ》してはいけない。
この漢詩は今日の若い人に対してもはなむけの言葉になるであろう。

㈠ 「縮《ちぢ》み」志向の日本文化

(1)　日本人の縮み志向

日本の家屋を見れば、小さな家と言えども個々に前栽《せんざい》をあしらっているものが多い。その上、出雲地方の海岸沿いでは前栽の廻りを防風林で囲っている。

私が初めて北海道に行った時、奇妙な光景に見えたのは各家屋の前に庭がなく、フェンス等で仕切られていたことだった。考えてみると、庭を造ってみても、大雪が降ると押しつぶされてしまうからだろう。

最近の都会での一戸建て住宅では、あまり庭にこだわらず、家の前を車庫にしたり、自転車置場にしたりして、土地を有効に活用している場合が結構多くなっている。

一方、日本の神社仏閣の庭もこじんまりとして、石庭にしたり池をこしらえて山水風景にしたり、庭造りのほうにウェイトを置いている。

日本の三大公園にしても、規模はわが国では大きい方であるが、韓国の秘苑《ひえん》（ピウォン）や中国の蘇州《そしゅう》あたりの庭園に比べればずいぶんと小さいものである。私が初めて秘苑に行った時には、あまりの広大さに度肝を抜かれたようで、これが庭園なの？　何処が庭園なの？

と、しきりに首をかしげたものだった。中国の蘇州の庭園などはひたすら広大という他ない。

⑵ 日本文化の特質

私が韓国駐在の頃（１９８４〜１９８６年）、東大の客員研究員だった李御寧《イーオリョン》が日本語で執筆した「『縮み』志向の日本人」という著書が、当時日韓で話題となり、ちょっとしたブームをまきおこした。なかに石川啄木の有名な短歌の読解がある。

東海の小島の磯の白砂に
われ泣きぬれて　蟹《かに》とたわむる

東海の海から小島の磯になり、さらに白砂へ、そしてついに蟹とたわむれて涙一滴にと助詞「の」を連ねて縮めていく。筆者はこれを日本人の愛用する入れ子型文化になぞらえた。大きい箱の方に小さいのを順に入れる「入れ子細工」の構造に似た仕組みである。

ここから李御寧は日本人には茶道、庭園、盆栽、俳句、折詰弁当、さらに工業製品に至るまで、小さな物を慈しみ、縮める傾向があり、このことが日本文化の大きな特質であろうと推察している。

李御寧は本年（2022年）88歳で亡くなった。

(3) 日本の庭園

それでは縮み志向の観点から、日本庭園を見てみよう。

日本の寺院の庭は、枯山水の石庭にしたり、池をつくって山水画の如くにしたり、こじんまりと自然を模型にしている。その中で京都龍安寺の「虎の子渡し」の石庭が有名である。

こじんまりした庭を大きく見せる造園手法に借景がある。周辺の森や木立《こだち》が借景になる場合が多いが、とりわけ山の峰々をとり入れた例としては、京都洛北の圓通寺がある。

一面が苔に覆われ、大小、四十の石の枯山水の庭の前方に比叡山の勇姿が望めて、さすがだと思った。これなども縮み効果のひとつと見てよいだろう。

目に青葉借景の庭比叡あり

それにしても三名園（偕楽園・兼六園・後楽園）にしろ、わが国では大きい方であるが、韓国や中国に比べれば、はるかに小さい。

(4) 韓国の庭園

私は韓国駐在（１９８４〜１９８６年）の頃、秘苑のある昌徳宮に数回訪れた。昌徳宮は景福宮の離宮として朝鮮の三代目の国王・太宗《たいそう》が建築し、後には正宮として政務や儀式が執り行われたところである。

さて秘苑であるが、この昌徳宮の北半分を占める後苑を指して呼ばれる。

韓国の庭園は自然と調和させ、陰陽五行説をもとに造られている。春や夏は季節の花々を、秋は紅葉で彩り、冬は雪が積もる寂寥感《せきりょうかん》を演出している。自然を根本として、ここでも地勢をむやみに変化させないのが特徴といえるだろう。

(5) 中国の園林

中国では庭園と呼ばず園林と呼んでいる。日本人的な見方からすれば、園林の中に庭園があると思えばよいだろう。

四大名園としてユネスコ世界文化遺産に登録されているのは次の通り。①北京の頤和園《いわえん》、②河北省承徳《しょうとく》市にある避暑山荘、そして蘇州《そしゅう》にある③拙政園《せっせいえん》と④留園《りゅうえん》で、古来から有名である。

頤和園は日本や韓国の庭園に比べて、日本人の想像をはるかに超えたスケールである。面積は約２９０万㎡もあり、なかでも昆明湖《こんめいこ》だけで全体の３／４を占めている。この湖に浮かぶ石舫《せきぼう》（大理石の船）は絶対沈まない清朝を象徴して造られたといわれている。

避暑山荘は北京故宮の離宮で、規模は頤和園の２倍だが、宮殿と自然の景観に基づいて造られた庭園の２つに分かれている。

蘇州は東洋のヴェニスと呼ばれ、庭園の数も多い。中でも拙政園と留園が有名である。

拙政園は明代に御使《ぎょし》を辞職した王献臣《おうけんしん》によって造られた。「拙《つたな》い政治を愚か者がやっているわい。俺は庭園でも造って余生をおくるか」といって寺を買い取り名園をつくったといわれている。

留園は清代の建築様式を今に残し、楼閣が建つ東園、自然の風景に近い西園、池を中心とした中園、田園風景を再現した北園と総面積は約2万㎡におよぶ。しかし拙政園もここ留園も、頤和園などに比べればうーんと小規模だ。

留園の東園には、太湖《たいこ》から引き上げられた「冠雲峰《かんうんほう》」と呼ぶ高さ6・5mの奇怪な石が陣取っている。その姿は悪魔に見えたり、嘴《くちばし》がとがった鳥にも見えお伽《とぎ》の国に来たようだった。

(6) 日本企業 小型化で世界の市場へ！

一寸法師の物語の世界、団扇《うちわ》から扇子へと縮めていった工芸の世界、そんな縮みの影響をうけ、日本のメーカーはグローバル市場で次々と小型ヒット商品を生み出していった。「ソニー」のラジオにはじまり、「日本電産」の精密モーター、「オリンパス」の内視鏡等々、枚挙にいとまがない。そして私が長年勤務していた「帝国電機」（本社たつの市）では、モーターとポンプを一体化させ無漏洩《むろうえい》ポンプを世に送りだした。特筆すべきは寸法のコンパクトで車輌用変圧器の油循環ポンプとして、ＪＲ各社のメーカー指定品になっている。
齢《よわい》八十四を迎え、こんなメーカーと私は人生を共にしたことを誇りに思っている。

日中韓賢人会議で発言する元韓国文化相の李御寧さん（2009年４月13日、韓国・釜山）

2022.5.20　日経夕刊　追想録より

帝国電機 株主通信より
国際基準に準拠したキャンドモーターポンプ

(二) コロナ禍雑感

コロナウイルスの感染問題は、令和2年（2020）の2月頃より中国の武漢《ぶかん》（ウーハン）に端を発し、あれよあれよと言う間に世界中の国に拡がっていったのは周知のとおりである。コロナのウイルスは、元々コウモリ、ハリネズミの類が大昔から持っていたと言われており、それが人間へと感染していったようだ。ハリネズミが、中国食堂の前でオリに入れられているのを見て、私は観賞用と思っていたのが、食材になると聞いてヘエーと思った。さすが、空飛ぶ物は飛行機以外すべて食べるというお国柄だ。そう思って市場を覗《のぞ》けば二、三匹は店頭でも売っていた。

アメリカの前大統領トランプは、コロナをめぐってはじめは中国の責任を追及しようとしていたようだが、いつのまにか有耶無耶《うやむや》になってしまった。

その後もＷＨＯ（世界保健機構）は、数ヶ月間にわたり武漢のウイルス研究所の査察などを続けていたが、中国側になにか混乱状態に陥れようとした策略なども出ず、ウイルスの拡散もここからではないという結論になった。ＷＨＯの査察は発生後大分遅れてであり、何故コロナウイルスが拡散していったか、真相は闇の彼方《かなた》へ消え去ってしまった。その後、米アリゾナ大学のマイケル・ウォロビー教授（進化生物学）らの研究では、感染者の分布と遺伝子データを組み合わせ、パンデミックの震源地は「河南海鮮卸売市場」だと結論づけている。

コロナ禍は、人間に伝染する間に耐性がだんだんと強くなって、新種のコロナウイルス、ＣＯＶＩＤも出て、しだいに収まりつかなくなっていった。その間ワクチン接種や投薬によって、一時は感染力も弱まりかけたように見受けられたが、数回にわたりコロナ緊急事態宣言が発せられるなど、まだまだ先行きが見えないままになった。

一時はようやく収まりがつくかの気配が世界中に漂ったが、本年（２０２２年）に入り、南アフリカに端を発したオミクロン株がさらなる猛威をふるい出してきた。今の世の中、先進国だけがワクチンの恩恵で収まりつけたと言っても、グローバルな、世界は一つだから、世界中で数多くの人が感染している。

2月の初めには、日本でもとうとう感染者が10万人を越してきた。各都市ではまん延防止が発せられ、3月21日に解除されたが、依然として患者数は次から次へと増え続け、中々０近くとはいかないのが実情である。

世界の感染状況は、米ジョンズ・ホプキンス大学の集計によると、２０２２年2月8日現在、4億人を越えたと報道された。4億人という数字は世界人口の実に約５％という高い感染者数である。

四月上旬には、ついに5億人をこえたと報道された。因みに多いのはアメリカの8000万人、インドの4300万人である。日本では10万人が半減して、ついに五月連休明けには3万8千人ぐらいになってきた。

もっとも不幸中の幸いで、このオミクロン株のウイルスは肺まで達す例は少なく、喉元《のどもと》あたりまでのケースが多いと言われている。ただ、高齢者や基礎疾患のある人には死に至る病にちがいないから、くれぐれも用心しなければならない。

今年（2022年）3月に入り、ロシア軍がウクライナ領クリミア半島へと武力侵入していった。悲惨な映像が次から次へとテレビ画面に映し出され、報道のトップはこの戦争になり、コロナニュースは二の次となった。逃げ惑うウクライナ人の顔にも、戦士の顔にもマスクはないので不思議に思ったことがある。よく考えてみると、戦争が起きている所には誰もコロナウイルスを持った人が入っていかないということだろうか。

いつの世も、戦争は国のトップが決めて、犠牲者の多くが庶民であるのには変わりがない。いくら有識者が声を大にして否と叫んでも、戦争のない平和な世界はなかなか実現しそうにない。いつまでたっても悲しいかな人間の性《さが》、世の性である。

私は感染防止に最も役立つと言われるマスクが嫌いで、人がいなかったり、自転車に乗っている時や公園に行くと、すぐに「アゴマスク」にしてしまう。二〜三回戻すのを忘れて食堂や図書館に行き注意され、素直に「スンマセン」と謝った。

欧米でマスクを極端に嫌う人が多いのは、昔から「マスクをするのは強盗だけだ」と言われ、悪いイメージが今だに残っているのが一因らしい。

ところが、逆に若い女性の間にマスクを離しにくくなり、愛用している人が多いと言う。そこで、匿名《とくめい》をもじり匿顔《とくがん》と称する造語がうまれているようだ。

この匿顔は、1995年「日本顔学会」を立ち上げた東大名誉教授の原島博氏が顔の見えないネットの社会などを、「匿顔のコミュニケーション社会」と呼んだのが始まりだったとされている。　日本顔学会編「顔の百科事典」より

何れにせよ、マスクが顔からとれる時が、一日も早く来ることを願っている。

コロナ禍のために旅行業者やホテル、飲食店は経済的に大打撃を受けた。飲食店で店を閉じたところも随分多いと聞いている。政府の補助金等では焼け石に水である。航空会社、鉄

道会社の優良会社も業績は赤字に陥ってしまった。

令和４年の９月を迎え、やっとコロナ禍の見通しは収まりがつき始め、外国旅行者の制限を５万人ぐらいに緩和することになった。野球場や大相撲も入場制限は撤廃され、10月の各地の秋祭りも３年ぶりに施行され、国民はやれやれ気分になってきた。

どうか、日一日と感染者数が減っていくことを猛期待している。この道の権威ある医学者は冬を迎え、インフルエンザとの絡《から》みを心配している方も多いようだ。私はワクチンは４回打っていたが、インフルエンザと５回目のワクチンを11月中旬にすませている。

10月になりコロナ感染者数は全国で一万三千人ぐらいとなり、外国人の日本国入国制限は撤廃されることになった。

令和４年の12月を迎え、コロナ推定患者は５万人ぐらいで又々増加傾向にあるが、重症患者は少なく、ｗｉｔｈコロナの方針でわが国も諸外国同様、腹を決めたようだ。但し、中国だけは北京、上海の主要都市で０《ゼロ》コロナ対策を実施しようとして国民のデモ騒ぎが起きた。

令和４年の年末をむかえ、中国に於いては２億４～５千万人と報道があったが、この数字は国民の17％ぐらいにあたると試算されている。現在は患者数の公表は中止している。

一体どうしたことなんだろう。私はワクチン接種の遅れではないかと見ているが、報道では、中国のワクチンは欧米に比べ効果が低いとされている。

いやはや、このコロナ禍の行方は混沌としている。私の予知能力では既に限界に達している。昔の天然痘のように、一日も早く地球上からコロナウイルスが消え去ることを期待してこの項を終わりとする。

㈢　昔の伝染病

昔は伝染病といえば、天然痘（疱瘡《ほうそう》）、猩紅熱《しょうこう》、コレラ、チフス、結核、癩病《らい》（ハンセン病）等が主なもので、軽いもので麻疹《はしか》、お多福風邪（流行性耳下腺炎《じかせん》）等があった。

戦国の武将・独眼竜と呼ばれる伊達政宗は、幼少時に天然痘にかかり、命は助かったものの右目を失明した。天然痘のウイルスに感染すると39度以上の高熱を発し、斑状の皮疹が顔や四肢を中心に現れる。1977年、ソマリアにおける流行を最後に、地球上から消えた。

猩紅熱は高熱を出し全身に赤い発疹が出る。明治年間に法定伝染病に指定され恐れられていたが、抗生物質の開発により1998年に法定伝染病でなくなっている。

コレラはコレラ菌が小腸をおかし、下痢が激しく高熱を発し、「三日ころり」と称して恐れられていた。発生するとすぐ蔓延《まんえん》していったが、私の古里、兵庫県の山奥の村までは忍び込んでこなかったようだ。ただ予防注射をうち、㊔の赤紙をもらい、長い間保管していたが、今は行方不明になってしまった。

内田百閒《ひゃっけん》の『百鬼園随筆』を読んでいると「虎列剌《コレラ》」の項があり、少年の頃、家族と海水浴に行った時にコレラ騒動に巻き込まれ、ほうほうの体で帰宅していたが、巡査がきて裸にされ消毒されたことが書き記されていた。当時（明治時代の後半）はこの病気の取り締まりを、白い制服の巡査がしているところがおもしろい。

因みに内田百閒は夏目漱石門下生の奇才と呼ばれ、芥川龍之介とも親交があった。

チフスはチブスとも言って、腸チフスの通称。戦前は各町村に避病院の設立が義務付けされ、コレラ、チフスの患者を隔離収容して感染を防止した。

私の出身地の村にも避病院があったが、昭和20年以降の戦後は活用もされず、放置されていた。村の青年団のキモダメシの会場にされた事もあった。

結核も不治の病と恐れられた伝染病の一つであった。徳冨蘆花《とくとみろか》の小説に「不如帰《ほととぎす》」があるが、この小説が世に出たのは明治31年である。蘆花は結核を病む浪子と海軍少尉の川島武男の純愛物語として紡いでいった。私が小学生低学年の頃、女生徒が盛んに手まり歌や数え歌などで武男と浪子の物語りを歌っていたのを記憶している。

結核は終戦後の昭和25年ぐらいまでは恐れられた伝染病だったが、国民の栄養状態も良くなり、ストレプトマイシンのような特効薬がでて、現在ではあまり問題視されなくなった。

癩病（ハンセン病）は、今日では伝染病ではなく、遺伝性でもない。ハンセン病は国による約90年間もの長きにわたり強制隔離政策が続けられ、患者には断種手術や堕胎《だたい》強要が行われていた。今日でも誤った知識や偏見差別を持っている人が一部にあるらしいが、そんな考え方は一日も早く無くしていかなければならない。

麻疹やお多福風邪は小さい頃誰もがかかり、一度かかれば二度とかからないと言われてきた。私の家では伊勢海老の殻《から》が蔵《くら》の前に吊るしてあった。小さい頃母に「あれは何のために吊るしてあるんや。何かの呪《まじな》いをしてるんか」と聞くと「あれはな、ボクがハシカにかかった時に早く治ってくれるようにと煎《せん》じて飲ますんやぜ」

さあ、いつ麻疹にかかったのか、あの伊勢海老を煎じて飲まされたのか、記憶には自信のある私だが、とーんと思い出せない。いずれにせよご利益《りやく》はあったのだろう。

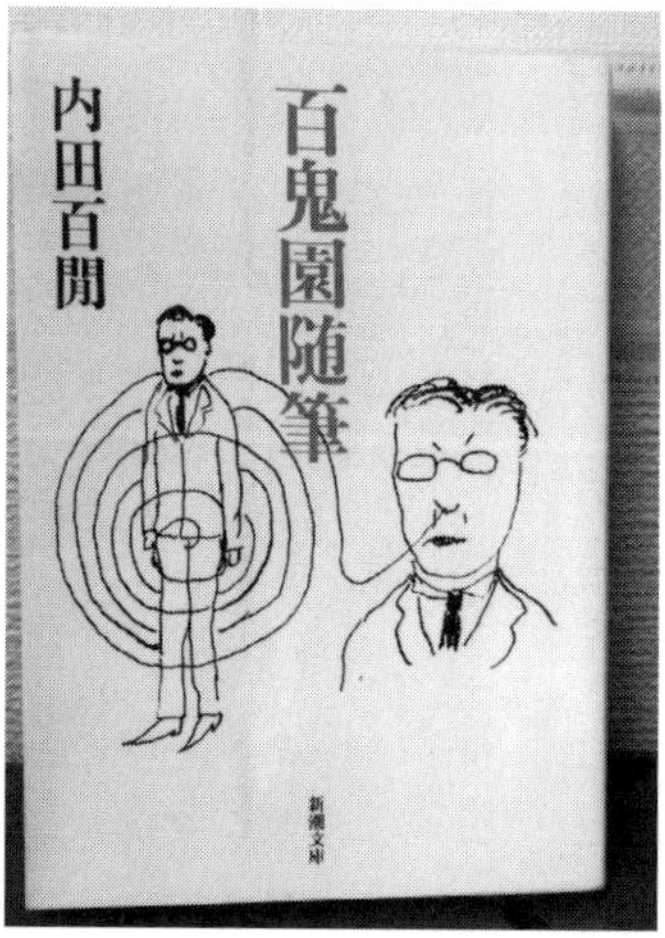

『百鬼園随筆』内田百閒（新潮文庫）
装画は芥川龍之介の作品「百閒先生邂逅 百閒先生図」

㈣　小さい頃の思い出

皆さんは何歳頃から記憶というものをお持ちですか。

私には姉におんぶして子守りをしてもらった頃のことは全然記憶にない。やっと五歳ぐらいから、これはおんぶしてもらっていると言うより、一緒にいたような気がぼんやりと脳裏のかたすみにこびりついている。

私は播磨路で、それも峠をこせばそこはもう但馬路という本当に山間《やまあい》の田舎で産声を上げた。冬になると寒さは厳しく、幾日も雪が降り続いた。

真夜中、パーン、パーン、バシッという音が、静けさを打ちやぶり聞こえてくることがあった。

「なんや、あの音は……」と、母にたずねると、竹が雪の重みに耐えかねて折れているのだという。明くる日になって見に行くと、なるほど確かに何本か折れた竹があって得心がいった。

晩年になって漢詩を学んでいると、「長恨歌」でも知られる唐代中期の漢詩人・白居易に次のような詩があることを知った。

夜深くして　雪の重さを知り
時に聞く　竹の折れる声を

白居易は地方官吏を父親にもつ次男として生まれ、小さい頃は田舎ぐらしだった。五歳のころから既に作詩を学んでいたという。

私の幼児体験のなかに、こんな話は忘れずに覚えている。

三輪車の中古を親戚から譲りうけ、得意顔をして乗り廻していた。三輪車が珍しい頃でもあった。ある日のこと、右のハンドル部が折れてしまった。折れたハンドルをかかえて、三輪車を引いてベソをかきながら家に帰った気がする。

兄が早速近くの鍛冶屋《かじや》に運びこみ、無事繋《つな》ぎ合わせてもらった。その様子を目を凝《こ》らして眺めていたのが忘れられない。

このことがあってから時々鍛冶屋に遊びに行くようになった。ふいごで風を送ると鉄は真赤になり、それをトントン、カチカチと打って農業用の道具に仕上げていた。鍛冶屋の細岡のおじさんや、見習いをかねて手伝っていた親戚のお兄さんは「危ないから家に帰りな！」とは決して言わなかった。ただ危険な作業の時は、「坊坊《ぼんぼん》、ちょっと後ろにのいときな！」と一言言うだけだった。

小学校に入り唱歌で「村の鍛冶屋」をならった。この歌は、軽快なリズムのせいや歌いやすさも手伝って私のお気に入りになった。

文部省唱歌
　村の鍛冶屋
♪しばしも休まず　槌《つち》うつ響き
飛び散る火の花　走る湯玉
ふいごの風さえ　息をもつかず

仕事に精出す村の鍛冶屋
あるじは名高い働き者よ
早起き早寝のやまい知らず
永年鍛えた自慢の腕で
打ち出す鋤鍬《すきくわ》心こもる♪

この歌は大正年間につくられていたが、その後歌詞は何回となく修正されている。
働くことの尊さを詠んだいい歌だと、私は今も時々口遊《ずさ》んでいる。

㈤　懐かしき行商の人たち

(1) 田舎の行商の人たち

私が小学校に入る二年前ぐらいから二〜三年生になる頃（1943〜1948年）にかけて、いろいろな行商が草深い私の住む村までやってきた。

遠くから聞こえてくる物売りの声を、今も私の耳底はしっかり覚えている。

「イワッシャー、イワッシャー」は鰯売りのおじさんの声。「鰯や、鰯や」は「イワッシャー、イワッシャー」に私は聞こえた。播但線の寺前駅まで汽車で来て、そこから大きな自転車でやってきた。売り尽くせば帰路につく。その昔、芦屋浜あたりでは、たくさんの鰯がとれ「手々カム、イワッシャー、イワッシャー」と呼んでいたという。

次郎やんと呼ぶ行商の兄さんは、季節季節の魚をもって得意先を一軒一軒回ってくるのだった。私の家には良い物を残しておいてくれ、最後に来る時が多かった。私にくれたスポーツ新聞は魚くさかった。でもタイガースの試合の記事は楽しかった。そして一息つくと、「ボッチャン、一局指そうか」と言って将棋の相手をしてくれることもあった。

反物売りのおじさんも家にくると時々将棋を指してくれた。村で一番強いという村長を父が連れてきて、指したこともある。実際のところ、これらの人は皆強くて、私はよく負けて口惜しい思いをするばかりだった。

遠くから「コウモリガサノ　シュウーゼン」とよく通る声が聞こえてくる。そして適当な空地で店開きして次々と傘を修理していた。小道具とたくさんの部品の箱を持って来ていた。いつも隣の耕造ちゃんが「コウモリ屋が来とるで」と誘いに来てくれた。世の中、番傘から軽量のコウモリ傘になっていたが、その頃の傘はよく壊れていた。村にあった番傘の作り屋はコウモリ傘におされ、売れなくなりやがて店を閉じた。

一ヶ月ぐらいに一回は、ポン菓子作りのおじさんも車を引きながらやってきた。二、三軒廻って米を集めると、早速作り始める。「ボーン！」と静かな村の隣保《りんぽ》に響き渡る大きな音がすると、お腹をすかした悪童たちが母に頼んで手に手に米や豆と小銭を持って集まってくるのだった。

この商売もよく儲かるようなので、大きくなったらポン菓子屋になるのがいいかな、と子供心に思ったものである。

アイスキャンディー売りのおじさんは、隣の町からピリピリピーとかん高く笛を鳴らしながら売りに来ていた。

確か一本10円ぐらいで小豆入りは15円ぐらいだった。母と昼寝をしていると遠くからの呼笛が聞こえて、あわてて硬貨をにぎりしめ追いかけるのだが、おじさんは気が付かず買えなかったこともあった。その時の硬貨までもやけに濡れて汗をかいていた。

そう言えば幼いころには、干物《ひもの》や塩こんぶ等を売りにくるおばちゃんもいた。〝おいしいのおばちゃん〟と、いつの間にかみんなは呼んでいた。

「そっちの干しカレイと丸干しとどっちがおいしいんや」

「そら、どっちもおいしいよ」

「そっちの塩こんぶとこっちの塩こんぶはどっちがおいしいんや」

「どっちもおいしいよ」

私は母の後をついて買うところを見ていたが、おいしいの一点ばりでなるほどこのあざなは当たっていると思った。

例の落語でお馴染みの鋳掛《いか》け屋も時々やってきた。なべ、おかまのこわれた所にハンダを流し込んで修理するのだった。今のナベやフライパンは穴などあかないが、当時はよく穴があいていたようだ。

物珍しいので悪童が三〜四人じっと眺めていたが、落語のようにあれこれとおじさんにやかましく言わずにただ熱心に見つめているだけだった。

⑵ 韓国・物売りの声

韓国駐在の頃（１９８４〜１９８６年）の、とある日。今日も暑そうなので、休日はいつもあちこち出歩いていたが、何処へも行かず冷房の効いた部屋でテレビを見ながら、うとうとしていたら「チャメヨー、チャメヨー」の声が聞こえてきた。私の住んでいたマンションは「江南《カンナン》アパート」といって、たくさんの人が住んでいる団地だった。関連会社の韓国化学会社に出向で来ている二人と私と三人共同暮らしをしていた。１００㎡もあるマンションだったが、こちらではアパートと呼んでいた。韓国のパートナーにこのことを聞くと、マンションとはもっと豪華なところをさすのと違いますかと言い返された。

さてさて、チャメとはいったい何だろうと、好奇心の強い私は早速外にでて声のする方に行ってみた。チャメとは日本でいうまくわ瓜のことだった。田舎で小学生の頃、家の畑でつくっていて食べたことがあった。珍しかったので二〜三ヶ買って冷やして食べたが、甘くどこか懐かしい味だった。

ソウル「江南アパート」

(3)　インドネシア・物売りの声や音

私は「ザ・レジデンス芦屋スイート」に移り住んで以来、多くの人と親しくなった。ここには介護棟が一棟、一般棟が二棟もあり700ルームもある。この中で私の出版物が一人歩きをして、いろいろな方の所にもいっていたようだ。その中の一人、インドネシアに長いこと生活されていた商社マンの奥さんの田島康子さんとも親しくなった。

ある日のこと、「落山さん、こんな物売りの声を一覧表にしてみたの」とA4用紙三枚ぐらいにイラストつきの力作を頂戴した。インドネシアのジャカルタに三年（1972〜1974年）、バンドンに二年（1984〜1996年）住んでいたため、さすが見事な出来栄えで絵手紙風の絵も入れて、見た目に楽しいものだった。やがて帰国の頃は立派なスーパーマーケットも出来て、物売りもあまり見かけなくなり、その分は車での販売にかわっていったらしい。

田島さんは中々の整理、記録魔で、ところどころの品に価格RP（ルピー）も記されている。※口絵参照「インドネシア　品物を売り歩くときの掛け声や音」

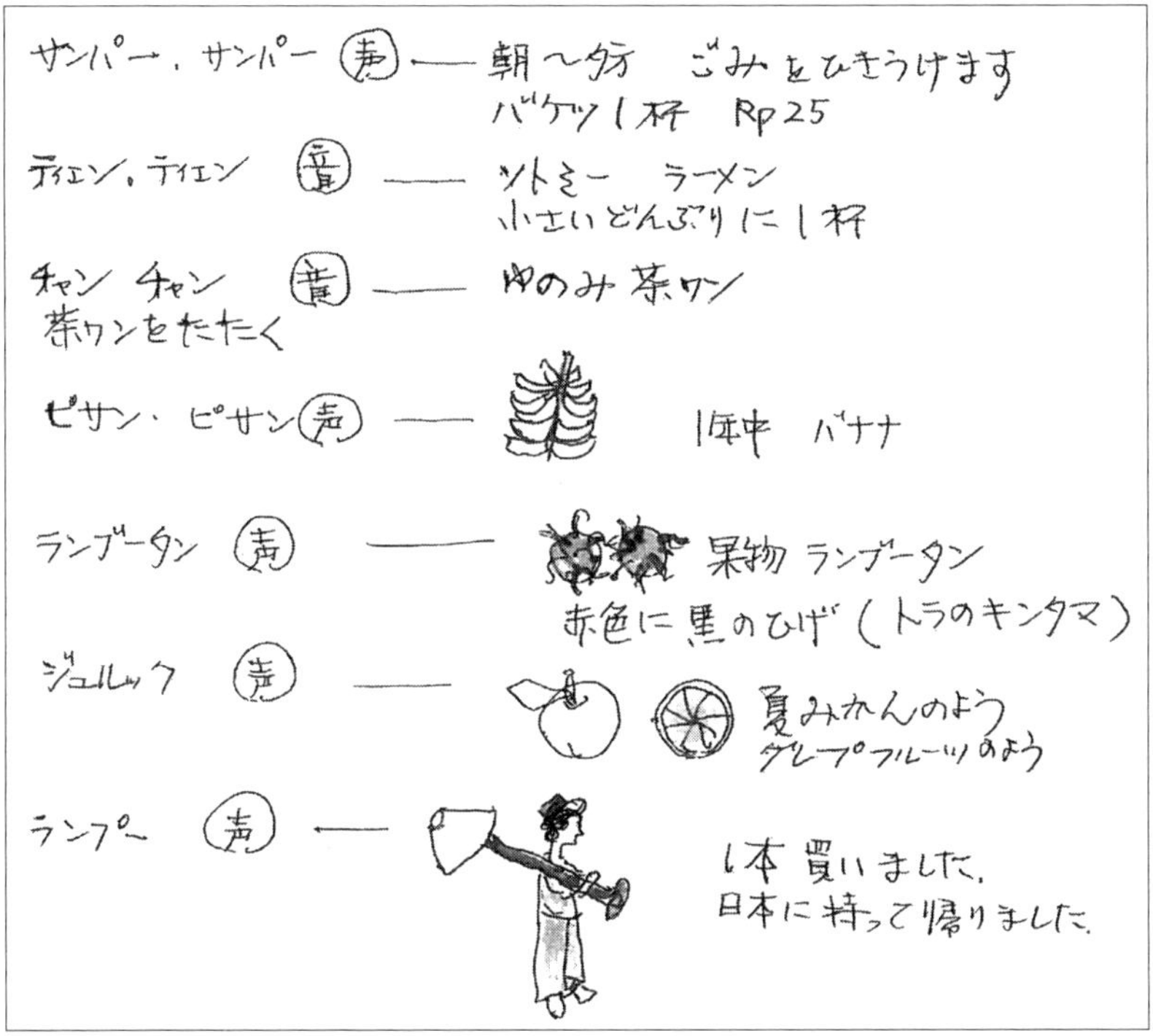
サンパー．サンパー (声) ── 朝～夕方　ごみをひきうけます
バケツ１杯　Rp25
ティエン，ティエン (音) ── ソトミー　ラーメン
小さいどんぶりに１杯
チャン チャン (音) ── ゆのみ茶ワン
茶ワンをたたく
ピサン・ピサン (声) ── １年中　バナナ
ランブータン (声) ── 果物ランブータン
赤色に黒のひげ（トラのキンタマ）
ジュルック (声) ── 夏みかんのよう
グレープフルーツのよう
ランプー (声) ←──
１本買いました．
日本に持って帰りました．

㈥　歌の世界に遊ぶ

(1) 伊良湖《いらご》岬《みさき》を訪ねて

私が名古屋勤務の頃、一家で志摩へ遊びに行き、そこから伊良湖岬まで足を伸ばしたことがあった。娘、息子もまだ小学生だった頃で、御木本の真珠島等を見学した後、港で伊勢湾フェリーの船を眺めていると、太郎が「お父さん、あの船に乗りたいなあ」と、私の顔をのぞきこむようにして言った。

勿論、娘の裕子も私も乗りたい気持ちは山々だった。妻だけは帰りが名鉄豊橋経由となり、帰宅が少々遅くなると少し不安のようだった。

伊勢湾フェリーは、三重県鳥羽と愛知県伊良湖を結ぶ55分の船旅で、答志島等の島々を眺めながらの快適さが売り物だった。下船すると名物の大アサリを焼く匂いに魅了され、四人はすぐおいしく頂戴し

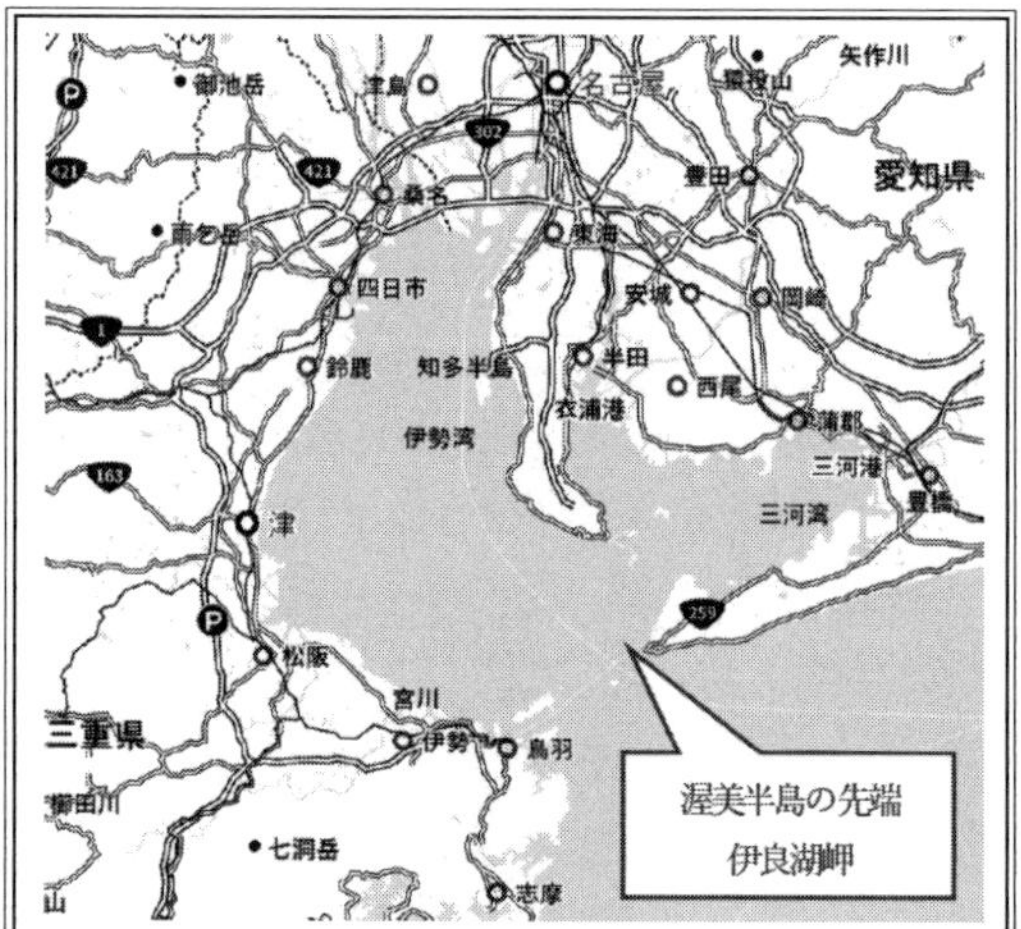

た。
伊良湖岬は渥美半島の先端にあり、太平洋から伊勢湾、三河湾まで一望でき、最先端には白亜の燈台がそびえている。そして太陽が沈む方向に恋路ヶ浜が続いている。
そう言えば、ここに「椰子の実」の歌があるのを私も妻も思い出し、知らず知らずのうちに海を眺めながら口ずさんだ。

椰子の実

作詞　島崎藤村
作曲　大中寅二

♪　名も知らぬ遠き島より
流れ寄る椰子の実一つ
故郷《ふるさと》の岸を離れて
汝《なれ》はそも波に幾月　♪

♪　旧《もと》の樹は生いや茂れる
枝葉なお影をやなせる
われもまた渚《なぎさ》を枕
孤身《ひとりみ》の浮寝の旅ぞ　♪

一昔前、文章教室の帰り道、居酒屋に立ち寄り、こんな旅の思い出話をしていると、倉橋先生は柳田國男と島崎藤村の話を始められた。すると、たまたま居合わせたウェーター役の大学生のアルバイトがこう言った。「今日はできればバイトをやめて、お二人の話を横で聞かせてほしいと思ったのですが…。でも店長に、代役がいないからダメだ、と言われたんです」にこにこ顔でそう話すのだった。帰りの勘定場で先生の名前を教えてほしいとメモをとっていた。

明治31年、柳田國男（この頃の性は松岡）が東京帝国大学の学生だった二年の夏休みに、この岬を訪れ一ケ月余りをここで過ごした。風の強かった日の翌朝、浜辺を散歩していると流れ着いた椰子の実を三度も見たらしい。

もともと新体詩にも興味をもっていた柳田は東京に帰り、詩の友人であった島崎藤村に話すと、藤村は「お顧いだ。その素材はぼくにくれないかな」と頼み込むのだった。

そして明治33年に藤村は「海草」と題した五篇の詩を文芸誌『新小説』に発表。翌年、詩集『落梅集』を出版するにあたり、そのうちの一篇を「椰子の実」と題して収めた。

柳田國男はこの詩を見たとき、ちょっと自分のイメージと違うんだな、と苦笑いしていたと言われている。のち、民俗学者になっただけに南洋から海流に乗って漂流した椰子の実のルーツに興味があり、藤村の流離の憂いをうたった抒情とはちょっと違ったようだ。この話は後年、87歳で亡くなる前年に発行した『海上の道』という本の中に記されている。

詩全体を見ると、藤村は詩人の感性で愁い、落涙している。柳田も新体詩も書いていたが、何よりも民俗学的興味で資料を逍遥し胸ときめかせる青年だった。一個のココナツ椰子が、はるか南方より伊良湖へ流れ着いた事実に愁い、落涙する前に、早くも民俗学者の目で驚いていたのだ。

柳田は椰子の実が流れ着くのなら、稲作も又、日本へ流れついたのではないか、と推察し、日本人の起源にも想像をめぐらし、沖縄や奄美大島にある『ニライカナイ』と呼ばれる信仰にも思いをめぐらしていった。「ニライカナイ」は海の果てや海底に神々の国があるとされる信仰である。

流れ着いた椰子の実に対し、二人の感動は藤村は抒情詩に、柳田國男は「ニライカナイ」など人間界のルーツへのユートピア願望へと思いを馳せていったのは、どちらも個性的だけに私は面白いと思った。

藤村の「椰子の実」という詩が歌になったのは大分後のことで、昭和11年のこと。社団法人大阪放送局（現在のＮＨＫ大阪放送局）が「国民歌謡」と名付けて企画した最初の歌がこの歌で、作曲はオルガン奏者で、キリスト教会につとめる大中寅二に依頼した。歌は「赤城の子守唄」など日本調歌謡で人気の高かった東海林太郎。すぐに東京放送局でもその歌声が流れはじめると、たちまち全国に広がっていった。

ちなみに、作曲した大中寅二の息子の大中恩《めぐみ》は、後に「サッちゃん」や「犬のおまわりさん」などよく知られた童謡を作曲している。親子二代にして、この道才能ありだ。

私は以上のような話を、一昔前に文章教室終了後に私の師、倉橋健一より聞いて、これは面白い話だといつまでも心に残っていた。今回「歌の世界で遊ぶ」でこの話を参考図書で確認しながら書き進めた。

酒席のこととは言え、先生の大事な話を、時々聞き流していて、「おい、落山しっかり聴いているか!」と叱られたことが何回かある。聞くは「流し聞く」であり、聴くは「十四の心」でしっかり受け止めなければならない、と思っているのだが……。

本年(令和4)の12月に入って、NHKラジオ深夜放送で4時すぎよりシリーズで「人権インタビュー」があり、高知の年配の女性からこんな話を聞いた。

戦前、高知よりフィリピンのミンダナオ島に移住した一家が、太平洋戦争の終わりかかる頃、米軍兵士の上陸により島の中をあちこちと逃げ回ったが、一家は両親をはじめ次々と殺され、最後に一人となり日本の出迎えの船で帰国することになった。

船上で命からがら助かった者同志が島を離れる時、「椰子の実」の歌を合唱したという。歌声が流れた時、私は何だか胸があつくなるのだった。

(2) あほたれと馬鹿たれ

関西が舞台の歌謡曲の中には、あほ とか どあほ の言葉がよくでてくる。

戦後の大ヒット曲のひとつに笠置シズ子の「買い物ブギ」がある。

この歌の中のセリフ。魚屋の店先でのおやじと客のやりとり。

「お客さん、あんたは一体何買いまんの」

「魚は魚でも おっさんサケの缶詰おまへんか」

「アホかいな」

「ちょっと、おっさんこれなんぼ」
「おっさん…おっさん…おっさん」
「わしゃツンボで聞こえまへん」
「わて、ほんまによう言わんわ
ああ、しんどー」

ツンボは今では差別用語となっていて、（難聴）と言う。しかし「馬鹿かいな」とか「わしゃ難聴で聞こえまへん」では関西弁の味がなくなってしまう。作詞者が今、この世でこの歌のセリフをつくるとしたらどんな言葉を選ぶのだろうか。「わしゃ耳とおて聞こえまへん」とするのだろうか。

この語句を差し替えた復刻版も出てるようだが、わたしゃ何にも知りまへん。わてほんまによう言わんわ。レコードの題名も「買物ブギ」やのうて「買物ブギー」もありまんねん。何で違うんや。わたしゃ何にも知りまへん。わてほんまによう言わんわ。

浪花恋しぐれ

作詞 たかたかし　作曲 岡千秋

♪　芸のためなら　女房も泣かす
それがどうした　文句があるか
雨の横丁　法善寺
浪花しぐれか　寄席囃《ばやし》
今日も呼んでる
今日も呼んでる
ど阿呆　春団治　♪

最後の句にど阿呆がある。阿呆の上にどがついている。正しく大阪弁の真骨頂を発揮している、と私には思える。

若い頃、転勤で東京営業所に勤務していた頃の話。関西では「あほたれ」とか「あほかいな」とか「そんなあほな話せんといて」などと、会話中にもよく使う。それが関東では行儀がわるい言葉としてひびき、相手はいやな顔をすることになる。あほ、あほう、阿呆は精神薄弱に通じるイメージがあるからだろうか……。

関東では「馬鹿たれ」「馬鹿かいな」「そんな馬鹿な話しないで」、こう言わないと失礼に当たるようだ。何故、馬と鹿を書いて馬鹿と読むのだろう。人間並みの能力がないということだろうか。

よく使う言葉に「馬鹿の一つ覚え」「馬鹿につける薬はない」「馬鹿と鋏《はさみ》は使いよう」等は関西でも「あほの一つ覚え」と言わず馬鹿の方を使っている。薬と鋏の言葉も馬鹿と使う場合が結構多いようだ。何れにしてもあほと馬鹿は大した違いがないと私は思うのだが如何なものか……。

現役の頃、韓国の社長二人が来日。私が接待役で、三人で梅田の小料理屋で飲んでいた時の話。

馬刺しを食べた後、「おいしい鹿肉もありますよ」とマスターが言った。私は鹿のピンク色のもも肉は美味だと聞いていたのでそれを注文しようとするとブレーキがかかった。

「それはやめておこうよ。馬と鹿を一度に食べたら馬鹿になりますよ」

いやはや、日本通と言うか、この韓国人の日本語のレベルの高さ、ユーモアに私は感心しきり、これはおもしろい話だとも思った。

⑶「蘇州夜曲」と「村祭り」の歌詞

昭和15年（１９４０）に作られた「蘇州夜曲」は21世紀の今日まで歌い継がれて、長年続く歌謡曲の代表作といっていいだろう。

蘇州夜曲

作詞　西條八十　　作曲　服部良一

♪　君がみ胸に抱かれてきくは
夢の船歌　鳥の唄
水の蘇州の花散る春を
惜しむか　柳がすすり泣く　♪

日本歌謡史屈指のバラードである。いつのまにか鳥の唄のところが恋の唄となって、今の世でうたわれている。

同じように歌詞を変えてうたわれているものに小学校唱歌「村祭」がある。

歌詞の二番に、年も豊年がある。

♪　年も豊年満作で
村は総出の大祭り
ドンドン　ヒャララ　ドンヒャララ
ドンドン　ヒャララ　ドンヒャララ
夜までにぎわう　宮の森　♪

私はコーラスの会「野いちご」に落ちこぼれ組として仲間に入っていたことがあった。コーラスの練習前に、田中隆子先生は季節の唱歌や童謡の歌詞をわたされ唱うのが恒例になっていた。

ある方が言った。

「先生、〝年も豊年満作で〟のところ、今年もではないのですか」

「そうよ！　そうよ！」

と二、三の方が言った。先生が首をかしげられた時、私と目があってしまった。

「落山さん、どう思われますか」

「さあ、当たっているか分かりませんが、年は何歳の歳ともかき、大正、昭和のはじめ頃、穀物、特に稲をさしていたと記憶していますが、家に帰り確認しておきます。時々、私もウソをつくことがありますから……」

先生はニッコリ笑われるのだった。

(4)「うれしいひな祭」の歌詞ミスに思う

三月三日のひな祭が近づくと、童謡「うれしいひな祭」の歌があちこちで唱われている。その歌の二番と三番の歌詞にクレームがついている。

うれしいひな祭

作詞　サトウハチロー　　作曲　河村光陽

♪　お内裏《だいり》様とおひな様
　二人ならんで　すまし顔
　お嫁にいらした　姉様に
　よく似た官女の　白い顔　♪

内裏とは天皇の住む御殿をさし、内裏びなとは天皇、皇后に似せてつくった一対のひな人形。したがって内裏様とおひな様がダブっているという。又、お嫁にいらしたのいらしたは身内の者に敬語が使われている。

♪　金の屏風《びょうぶ》に映る灯を
　かすかにゆする　春の風
　すこし白酒　召されたか
　赤いお顔の　右大臣　♪

白酒を飲んで赤い顔の右大臣というが、実際は若い右大臣の方が顔が白く年寄りの左大臣の顔が赤みを帯びているのが正解なのだ。つまりお内裏様から見て左下に居るのが左大臣。右下に居るのが右大臣なのだ。

こんな歌詞の二番三番に、識者とか大手人形販売店より難点がつけられ、サトウハチローは素直に「そうかもしれませんね」とうなずいていたと言われている。又、不機嫌になっていたとも言われているが、真相は定かではない。

私は自費出版した最初の頃、誤植などよくミスがあり、かなり落胆したことがある。私の師、倉橋健一はその都度「そんなにいちいち気落ちしなくてよいよ。読み手は適当に判断して読んでくれるだろうし、気がつかない場合も結構あるよ」と言われた。その後何冊もの本を出版した今日では、先生の言われたことが、よくわかるようになってきた。

あの世のサトウハチロー（昭和48年死去・70歳）も、そんなこと気にされていないと思う。楽しくてよい童謡なので、皆は永遠に唱い続けることだろう。

以前に名古屋から引越しした時に購入した芦屋のマンションは売却せずそのままにしている。風通しが良いので昼寝をしに帰ったりしているが、ぼつぼつ整理もし始めている。

棚の中に妻と娘が大事にしていたレコードが見つかった。

その中に『よいこのひなまつり』があり、「うれしいひなまつり」も勿論入っている。娘に見せたら「やあ、懐かしい！」とうれしそうだった。

思えば東京勤務では、松戸市の社宅にいた頃、五、六歳の娘に妻の里より「おひな様を買ってやって下さい」と送金があった。妻は良い内裏びなを買ってやりたいと言うので東京の三越まで出かけて行き、上品な物を購入して飾ってやった。そしてコロンビア・レコードを買ってきて、私も何回も何回もこの歌を聴いたものだ。

歌詞も曲もよく、何回聴いても飽きのこない童謡だと私は思っている。

(5)「釜山港《プサンハン》へ帰れ」に日韓の違いあり

趙容弼《チョーヨンビル》のヒット曲「釜山港へ帰れ」が、日韓でよく歌われているが、歌詞の内容に大きな違いがある。韓国語の歌詞を直訳してみよう（ハングルは省略する）。

釜山港へ帰れ（韓国の歌詞）

作詞・作曲　黄《ファン》善雨《ソヌ》

♪　花咲く冬柏島に春はきたが
兄弟が出ていった釜山港は
カモメがすすり鳴くばかりだ
五六島を行き来する連絡船ごとに
のどをからして叫んだけれど
返事がない兄弟よ
帰ってこいよ釜山港に
なつかしいわが兄弟よ　♪

（注）
※冬柏島　つばき島
※五六島　釜山港沖に浮かぶ小島。
満潮になると五島になり、干潮になると六島になるのでこの呼称となる。

釜山港へ帰れ（日本の歌詞）

作詞・作曲　黄善雨《ファンソヌ》

♪　つばき咲く春なのに
あなたは帰らない
佇《たたず》む釜山港《プサンハン》に　涙の雨が降る
あついその胸に顔をうずめて
もう一度幸せかみしめたいのよ
トラワヨ釜山港《プサンハン》へ　逢いたいあなた　♪

※トラワヨ 帰ってきてね

韓国駐在時代によく私がお世話になっていた社長が所要で来日した時に、日本版の「釜山港へ帰れ」（渥美二郎）の歌謡テープを買って帰られたことがある。それを聴かれて「アレ……」と思われた。何と兄弟の別れの歌が男女の別れの歌になっているではないか！「日本人は少しおかしいね。何とご都合主義的なんだろう」と私に話しかけられたことがある。

韓国語の歌詞では日本へ行った在日コリアンの兄弟が消息不明となり、故郷へ帰ってこない植民地時代を思わせる歌である。韓国版「釜山港へ帰れ」が発売された1975年といえば、母国墓参団が大挙して韓国に訪れた頃で、商業政策のため兄弟別れの歌になった経緯があるとも言われている。

「釜山港へ帰れ」は日韓それぞれの国で大ヒットした歌であるが、著作権をめぐって訴訟問題をひきおこした。

それにしても兄弟別れの歌が何故、男女の恋の歌になってしまったのだろう？

2006年、「釜山港へ帰れ」の作詞作曲家・黄善雨《ファンソヌ》が裁判所から盗作問題で損害賠償を支払うよう言い渡されていた。訴えたのは、「忠武港《チュンムハン》へ帰れ」の作詞者・金（キム・ソンスル）の母親。金の作詞は、忠武港を舞台にした別れた恋人の歌。それを黄善雨は舞台を釜山港に、恋人の歌を兄弟の別れの歌に置き換えているが、盗作だという判決で、金の母親は日本版での著作権などを含めて勝訴している。

なお「忠武港へ帰れ」の作詞者・金（キム・ソンスル）は、これを発表した後、兵役義務のため入隊していたが、休暇中の1971年にホテル火災にあい死亡していた。

「釜山港へ帰れ」はやはり、元々は恋の歌であり、日本語版は的を射ていたというべきだろう。

※『別冊關學文藝』65号より

(七)　食の世界に遊ぶ

(1) 珍味と下手物《げてもの》

珍味と下手物は紙一重である。珍味は食材自体が希少で、意外性があり、酒党にとってはたまらない一品である。下手物は人によっては、特に女性にとっては苦手な人もかなりある。ここではナマコとホルモンについて述べてみたい。

下手物は元々日用品を指し、上手物《じょうてもの》は高級品を指していたが、いつの頃からか上手物の言葉は消え、下手物の言葉も変化をもたらしている。

ナマコについて

ナマコは海鼠と書くが如く海の鼠《ねずみ》であり、最初にこれを食べた人はさぞ勇気がいったことだろう。そこでわが国ではいつの頃からナマコを食するようになったか、ちょっと調べてみよう。

「古事記」によると相当古い年代からナマコを食していたようだ。春日大社には平安時代より青森産の黒ナマコの乾燥した物が例年奉納されていたという。ナマコには赤ナマコ、青ナマコ等があり、少し固い赤ナマコは関西人が好み、少し軟らかい青ナマコは関東人が好んだという。黒ナマコを乾燥した物が高価で、青森県の海岸で良質な物がとれ、金海鼠《きんかいこ》として、今でも中国に輸出して外貨を稼いでいる。この乾燥ナマコは中華料理に欠かせない食材である。

中国や韓国には医食同源という言葉がある。食物で仮にうまくてもあまり栄養価値がない物はソッポを向かれる。その例がコンニャクである。この二ヶ国ではあまりコンニャクはお目にかかれず、やっと雲南省の麗紅《れいこう》でコンニャクの串にさしたおでんのような物を見つけ食したことがある。韓国のコンニャク芋は大半が日本に輸出されている。

中国では三千年の大昔より料理は最良の薬だった。薬膳料理のレシピを見てみると海参《ハイシェン》（黒の干しナマコ）が主役を務めている。見た目に美しさはないが、栄養・味は満点なのだ。私は中国旅行は何回もしているが、あまり食した記憶がないところを見ると高級料理なのかもしれない。

中国人はナマコの生とかサシミはあまり食べないようだ。私の知る限りでは遼寧省《りょうねい》の大連ぐらいだと思う。大連に出張の際、お土産に乾燥ナマコをもらったが、戻し方がわからず困ったことがある。結局そのときは大連育ちの日中戦争の残留孤児・清水広さんに差しあげてしまった。彼に戻し方を聞くと、魔法びんに湯を入れてその中に置いておけばやわらかく戻るということだった。

ナマコは捨てる部分がなく、貴重な食品になる生き物である。どちらが頭か尾かはっきりしなく見た目はグロテスクである。俳人向井去来は次の句を詠んでいる。

尾頭の心もとなき海鼠かな

取り出したハラワタを塩漬けにすると海鼠腸《このわた》になり、生殖巣を素干しにし海鼠子《このこ》にすれば珍味中の珍味になる。

ナマコを丸ごと買ってきて、ハラワタを取り出そうとしても、そこは空《から》である。私の知人の水産卸商によると、ナマコを水槽で飼っているが、腸を取り除いておかないと海水が汚れてしまうとのこと。腸は腸で海鼠腸《このわた》として海産物のビン詰にされるのだろう。

本年（２０２２年）の各紙夕刊によると、名古屋大や東京海洋大学の研究グループは有人潜水船で最深９８０１ｍに到達したという。

日本の領海で最も深いとされる小笠原海溝は、これまで９７８０ｍと考えられていたが、さらに深いことが判明したという。

窓から海底の地質や地形、生物の様子を観察し、動画も撮影されている。

私が驚いたのは何と、ナマコがこの最深部に生息しているという。さすれば人間が食物としてナマコを食べていたのは、有史以前からだと考えられる。

小笠原海溝最深部に到達した有人潜水船＝道林・名古屋大教授提供

（日経夕刊）

ホルモン料理について

ホルモンを下手物扱いにすると、ホルモン愛好家よりお叱りをうけるかもしれない。しかしわが国では以前は嫌って捨てていた物であった。

大阪猪飼野《いかぃの》あたりのコリアタウンの人の話では、これが放《ほう》る物と聞き喜んで持ち帰って料理したという。放る物はいつしかホウルモノ＝ホルモンと呼ぶようになったとか、まことしやかに伝えられている。

釜山《プサン》の昔ながらの飲食街にホルモン焼き発祥の地という店がある。店先の玄関には日本のこの関連の新聞記事が掲示板に貼りつけてあった。この店の石鍋は中々年季が入っており、ヒビ割れが焼くところの一面にあるものだった。

もっともホルモンを好む人は韓国でも南部地方に限られ、ソウルっ娘《こ》は顔をしかめて「シロヨ！」（嫌いなの！）と言う。

ホルモンは一般に牛の小腸、しま腸（大腸）、レバー、ゼンマイ、牛タン、牛ハツ等をさし、中でも牛タン（牛の舌　タンはtongue）の愛好家が最近増えているようだ。ホルモンは牛に限らず豚もあるが、豚は耳や鼻が好まれ、足もトン足といって食通の間に人気がある。牛は脂がのって味が濃いが、豚は淡白だけどうま味があって、さっぱりした味といわれている。私は沖縄料理のミミガー（豚の耳）ぐらいしか食べない。

私がここまで書くと、いかにもホルモン通に見えるかもしれないが、それほどでもない。最初は好奇心で食べていたが、その味が忘れられなく焼肉屋に入ると必ず食べるようになった。やはり焼肉はカルビやロースが一段とおいしい。しかしカルビやロースだけでは何となく物足りなく、飲みものもビールだけでは物足りなく、必ずマッコリを注文している。私の息子はホルモンを一緒に食べるが、娘は苦手で横目で見ている。

忘れてはならないのが、博多名物の「もつ鍋」である。キャベツ、ニラ、ゴボウ、木綿豆腐を入れて食すると中々うまい。キムチを入れると最高にうまくなる。私は冬に時々つくり楽しんでいる。家族のみんなで食べられれば最高の家庭料理になる。先日、鷹の爪（唐辛子）の輪切を入れすぎて食べられなくなり、スープを半分入れ替えたりして大変だった。

(2) 三大珍味

珍味は、各国によってそれぞれの違いや特徴があり、その国の食文化を代表している。三大と決めつけず、四大であったり五大であるかもしれないが、そこの所は了解して読んで頂きたい。例えば稲荷大社にしても三大と決めつけると一社が欠け、四大稲荷と呼ぶのが的をえている。大きい稲荷として伏見、豊川、西大寺、祐徳の四大社があるからだ。

世界の三大珍味

トリュフ、キャビア、フォアグラを指して三大と言っている。

トリュフは西洋松露に似たキノコの一種。高級フランス料理のつけ合わせに用いられているが、残念ながら私は食したことがない。海岸の黒松林に自生する直径２㎝ほどの白い袋状の球形で中に胞子がある。話によると味に芳醇さがあり、独特の匂いがあるらしい。何でも豚がゴミ箱で見つけて喜々として食べていたので、人間も食するようになったとか……。真相は定かではない。

最近、国内でチベット産の黒みのトリュフが販売されている。写真で見るとアボカドの熟れた物に形状、色がよく似ている。興味のある方は一度食してみては如何……。価格はそれ程高くない（5〜6ヶで2千円ぐらい）。※口絵参照　チベット産のトリュフ

日本人は、やはり茸と言えば松茸である。最近になって加古川市別府の多木化学（プライム市場上場）がバカ松茸の培養に成功した。如何に量産して商業化するかの研究が更に進められているらしい。早く安い松茸を食卓に迎えたいものだ。その時はバカマツタケの名ではなく高砂マツタケとか神戸マツタケのよい商品名にしてほしい。

キャビアはチョウザメの卵を塩漬けにした物。黒みがかかって酒の肴に珍重されている。私は中国東北地方の旅をした時ハルピン（哈爾濱）で二〜三回食し、お土産にキャビアの缶詰を買って帰ったことがある。最近は日本の店頭でも時々お目にかかり、そんなに高価で珍しい物ではなくなった。

フォアグラは鵞鳥《がちょう》に餌を強制的に与えて太らせ、その肝臓を食する。

私の関学時代の友人に、伊賀上野で部品の加工工場を経営するI君がいる。同じゼミの親友でそこに商品を納入しているM君と連れ立って工場見学に行った時の話。夕食に連れて行ってもらった洋食の店で「これはフォアグラですよ」と、マスターに言われ、まさかこんな珍しい物が伊賀の里で食べられるとは、夢にも思っていなく嬉しかった。

さて、お味の方だが、とーんと舌に記憶が残っていない。何だかフニャフニャして軟らかい物だった。

私はこの世界の三大珍味に関しては、珍しいのは認めるが、トリュフは想像するとして、お味の方はとなると、?をつけざるをえない。それは私が日本人だからかもしれない。言いかえれば、日本の食文化のレベルの高さによるのかもしれない。

(3) 日本の三大珍味

ウニ、コノワタ、カラスミが江戸時代からの常連さんである。私の好むコノワタは特別扱いにしてナマコの所で既に述べた。※口絵参照　長崎・からすみウニは雲丹、海胆、海栗の漢字を当てるが、雲丹と書くとビン詰めの加工食品をさすらしい。形状から見て海栗は言い得て妙である。

北海道や青森県の南東部から宮城県東部にかかる三陸海岸やロシアでよく獲れるのは、エゾバフンウニにムラサキウニがある。岩手県のスーパーや鮮魚店などでは瓶ウニと称して蓋《ふた》に緑色のフィルムをかぶせ、氷で冷やしながら売っているらしい。うらやましい話だ。バフンウニとは馬糞をイメージして何だか人聞きが悪い。バフンを取ってエゾウニとしたら如何か。

先日スーパーで、毬《いが》付きのウニを一盛り（三ヶぐらい）買って来て食べた。価格は千円ぐらいで宮城県の三陸産の物だった。味はよかったが、やはりウニはトレタテの物を現地で食べるのが何よりだ。

⑷　韓国の三大珍味

ポシンタン（犬鍋）、ソンジクッ（牛血の煮こごり）、それに皆さんも食べていると思うチヤンジャがある。チャンジャはタラの内臓（胃袋）に唐辛子やニンニクを入れ、ゴマ油で味付けしたもの。

私は二年間ほどの韓国ソウル駐在時に、ポシンタンやソンジクッを少しだけ食べたことがある。

前衛書道が趣味の会社のボイラーマンに頼まれて、何回か日本の書道の本を買ってきて手渡していた。ある日お礼に食事でもと誘われ、知らずに案内された店が犬鍋専門店だった。路地裏に赤い布がつるされ、そこが目印だった。1988年のオリンピック前で外国観光客対策で隠れ営業だったらしい。

彼はおいしそうに食べていたので、一口、私もと食べてみたが、山椒《さんしょう》の匂いばかりが鼻について味の方は残念ながら確かめられなかった。今となれば、もう少し食べてみるべきではなかったかと思う。

ソンジクッも珍しい物で、出張先の確か南部の地方都市の店だった。アガシ（娘さん）が「これは何だかわかりますか」と聞いていた。これが珍味に入っているとは、この原稿を書くまで私自身知らなかった。

珍味というか下手物というかその他の一品は、牡牛のシンボルを燻製させ、それを輪切りにカットした物だ。

韓国の代理店の社長が還暦を迎えられ、お祝いをした人達にお礼のアコーディオンの人も入ったパーティが催され、その席でアガシが「これ何だかわかる?」と聞いていた。日本人の私に「これ何だかわかる?」と聞かれたのはソンジクッの時をいれて二回あった。味の方は大した物ではない。

小さい頃よく食べて懐かしい物に、仁川《インチョン》でユスラウメを、釜山《プサン》で山アケビをたくさん買って食べたのを思い出す。私にはソンジクッや燻製の牡牛のシンボルよりも、ユスラウメや山アケビやチャメ(まくわうり)の方が、うーんとおいしく、楽しい思い出になっている。

(5) 中華料理の三大珍味

日本で一般的に言われている中国の三大珍味とは、フカヒレ、干しアワビ、海燕《うみつばめ》の巣を指している。フカヒレやアワビは今では珍しくなく皆さんも時々食べておられることだろう。

中国では今でも高級料理となって珍味に入っているのだろうか。これは珍味というより三大美食と言った方が的を射ていると思う。

ただ私は何十回となく中国に旅しているが、残念ながら海燕の巣の料理にはお目にかかったことがない。

中国の南西部やインドネシアなどの東南アジアで、穴燕という種類の海ツバメが棲んでいるが、雛《ひな》が育つとその巣を人間が頂戴する。ツバメの唾液《だえき》だけで巣をつくるので白くて透明である。高所に巣をつくっているので、採取にはかなり危険が伴う。この作業をテレビの中継で一度見たことがある。赤い色の巣もあり、未消化の小魚や海藻でできた巣で、海ツバメの種類が違うのかもしれない。※口絵参照　海ツバメの巣

海ツバメは代表的な広東料理でスープの具やデザートに食され、栄養価が抜群と言われている。一度は食してみたいものだ。甘いスープとは一体どんな味がするのだろう。何処の店に行けば本物が食べられるのだろうか。

そこで実業家で食通として知られる故 邱永漢《きゅうえいかん》が『食指が動く』の本をこの世に残しているので、その本を覗き見してみよう。

本物のツバメの巣の料理を食べるなら、中国でなくタイのバンコクにあるチャイナタウン

が一番だという。ここは広東人の街でなく潮州人の街でフカの大きいヒレやツバメの巣はここで買い物をし、食事もするという。ツバメの巣は75g入りが1万円から2万円もするらしい。昭和59年（１９８４）頃の話だから今の値段はいくらぐらいか見当がつかない。

さて、ここのチャイナタウンで食べるスープか50バーツぐらいだと書いている。当時１バーツが約11円だから11×50＝550円だから高価で今では２０００円ぐらいか。食後にデザートとして飲むこのスープは、甘くて寒天状のものがチョコチョコ浮かんでいるらしい。漢方では潤顔、つまり肌が美しくなる効果があるとされる。

タイ産以外にインドネシアやベトナム産もあるが、タイ産が最も上質ということになっているらしい。

⑹ 私が推奨する珍味・美味料理

日本の三大珍味であるウニ、コノワタ、カラスミは遠く江戸時代の初めにつけられたが、沖縄はその頃日本国でなかった。そこで琉球王朝より伝わっている沖縄の珍味一品をぜひつけ加えたい。

豆腐餻《とうふよう》は甘みがあり、滑らかでチーズに似た舌触りとウニにような風味を合わせもっている。古琉球の豆腐餻は、大豆、紅麹、泡盛等の材料を使い、自然の持ち味を伝統の技で作りあげている。まさに珍味の王様にふさわしい一品である。価格は一箱千円ぐらいしている。

ちなみに沖縄の三大文化とはおもろ（古代歌謡叙事詩）と紅型《びんがた》（一枚の型紙から多彩な模様を染め分ける）そして高級珍味の豆腐餻である。※口絵参照　豆腐餻

室津や家島諸島でよくとれるシャコ（蝦蛄海老）は、何といっても播磨の美味なる名産品だ。とくに五月の連休頃の卵をもったシャコは私の一押しするものの一品で、一度食べるとこの味は永遠に忘れることができない。ところが何故かここ数年間は、スーパーではお目にかからなくなった。

私の現役の頃の話だが、会社の社長も中々のグルメ党で、五月の連休前に関東のお得意さん10人ぐらいにお届けしたいといわれ、私がその準備をした。知り合いの室津の水産関係の方にお願いして、食べやすいようにシャコの側面は切り落としてもらい、卵もちのメスばかり10セット用意した。

昔は東京湾でもとれていたらしいが、今では幻のシャコだ。あのグロテスクな顔を見るとおそらく食するのに戸惑われるかもしれないということになり、私が一筆添え書きを書くことになった。その時の添え書き、いくら整理保存魔の私でも今ではそれは見当たらない。

後ほど礼状がたくさん届いたと社長より聞いた。

小泉武夫（発酵学者、文筆家）の連載エッセイ「食あれば楽あり」（日経夕刊）を愛読している。小樽市の張碓《はりうす》という海岸に大型のシャコ（蝦蛄）がよくとれるという（12月6日付け）。それによると春の抱卵期のシャコも美味だが、晩秋から冬にかけては全身に身が締まり絶品であると、書いている。※口絵参照　シャコの画・北谷しげひろ

韓国料理で推奨する一品は小さな親指ぐらいのアワビである。

確かソウル駐在の頃、正月早々渡韓すると東都化成（当時、日本でのエポキシ樹脂の大手）グループの新年会があり、七～八人がソウルの手塚会長宅に招待された。当時私の勤務先の

帝国電機の代理店がそのグループに入っていた。

テーブルには、はちきれんばかりの料理が並んでいた。

私はいろいろな料理を少しずつ食べていると、小さな殻つきのアワビがあった。私は会長に向かって、

「これが一番おいしくて珍しいものですね」

「落山君は味の評価が中々よいね」

といってこんな話をされた。

「ソウルの西海岸は潮の干満差が10m前後あり、岩にへばりついたアワビは満ち引きにあわせて移動するので、大きくなるヒマがないんだよ」といわれた。

私はそんな珍しいものが、正月早々食べられてよかったと言うと会長は大きくうなずかれていた。

でも今から考えると、この話は少々できすぎているので、場合によってはアワビの種類が違うのか、アワビの生まれて間もない頃のものだったかもしれない。

その後、韓国の料理店で食べたこともなく、市場でビン詰めでもとさがしたが見つからなかった。

希少価値は大きく珍味中の珍味だ。

中国の推奨する料理はいろいろあるが、まずは珍味でサソリの空揚げがある。

私が西安の街に訪れたのは、かれこれ25年前になる。現役の頃で年末年始を使っての旅だった。妻は母親の面倒を見ていたので同道できなかった。古の長安の街中の様子に勿論、兵馬俑も一目見たかった。

西安といえば薬膳料理のサソリ料理が有名である。始皇帝が不老長寿の薬を探し求めたことから、薬草と食物の研究が大いに進み、生薬市場にはヘビ、カメ、サソリの類からシカやロバのペニス、ウサギの耳、ブタのひづめなど漢方薬の材料が売られていた。

この時はツアー客として参加していたので、薬膳料理に程遠く普通の中華料理だった。

私がサソリの空揚げを食したのは20年前の役員会が終わったあとの食事会だった。話題は社長がお土産に持って帰られたサソリの缶詰だった。勿論毒抜きはしてあるとのことだった。

私は、そのサソリを当地の料理屋に持って行き空揚げにしてほしいと頼みこんだ。さすが店のマスターは「へェー、それを食べるんですか」と目を白黒させていた（勿論店の料理一式も注文した)。七人ほどの役員で、確か二人ほどは食べなかったような気がする。サソリの空揚げは白いしっかりした歯ごたえのある身は少し甘みもあり、松葉ガニの身をシャキッとさせた感じだった。※口絵参照　サソリの空揚げ

北京では何と言っても北京ダックである。櫻の木で焼いたアヒルが丸ごと出てきて、テーブルの上で切って配ってくれる。神戸や芦屋の東天閣でも人気メニューのようだが、なかなか美味な料理である。

その他、烏骨鶏《うこっけい》の料理や羊肉のシャブシャブもおいしかった。

上海では何といっても上海蟹だ。上海ガニはモズクガニの一種で一時日本に輸入されていたが、日本モズクガニの生態をこわすとのことで、輸入禁止になっている。

ツアー仲間五人と一緒に円卓で特別に注文したが、カニを置く木の台やカニをたたく小槌もでてきて、驚いたことに紹興酒が一本サービスだった。十五年ほど前で確か二匹ほどで五千円ぐらいだった。

日韓中以外で私が美味だと思ったのは、オーストラリアのシドニーで食べたエミューの鳥料理だった。カンガルー等はまずく、エミュー料理が一押しである。

最近、日本ではエミューの飼育が岩手県あたりで始まっていると報道されていたが、私には15年ほど先見の明があったと、つまらぬことに自信をもった。

香港の野鳩料理に思う

私が現役の頃、五月の休みを利用して香港へ一人旅をした。高校の親友、香港駐在の小林寿雄君より毎年の年賀状での誘いもあって、初めての香港旅行だった。

夕食の席には神戸から時々来ておられる奥さんも同席だった。

立ち寄った店は、泳いでいる魚料理が主体だったが、何と野ばとの丸焼きがでてきた。そして頭はチョン切られていた。彼はこんなことを私に言った。

「食事の席で招待客は、この頭を食べるのがこちらの風習ですよ。ぜひ食べて下さい」

私は食べなかったような記憶がある。その夜、ベッドにつくと小川未明の「兄弟のやまばと」を思い出した。

母の言いつけに背いて都会に出た山鳩の兄弟が、恐ろしい目にあって命からがら山に帰っていくという、シンプルな物語である。

山鳩が人間の食に好まれ、都会の鳩は人間に可愛がられ共に生きている。羽の色が違う程度で山と都会では大きな差があるのは、今でも私は少し不思議に思っている。都会では伝書鳩に活用したり、神社内での平和のシンボルになっているからだろう。スズメは焼鳥にして食べても、ツバメは決して食べようとしない。このことはスズメは米をついばみ、ツバメは害虫をたくさん食べる差から来ているのだろうか。

日本人は大昔から、韓国、中国のように決して犬は料理に使わない。野鳩も町にやって来て、今ではみんなと仲良く、人間を怖がらなくなっているように私には思える。

ウナギ料理のこと

日本の蒲焼《かば》きは未だ中国や韓国で普及が遅れているようだ。
20数年前だが、大連で店先に大きなウナギが泳いでいたので、同行していた社長が蒲焼きにしてくれと、身振り手振りで料理法を説明して通訳してもらっていたが、簡単に没有《メイヨウ》（ありません）の一言で片付けられて、皆は大笑いだった。
又、韓国の南西部の地方都市に出張で行った時、ウナギ料理屋に立ち寄った。ここでも蒲焼きではなく煮魚式の料理だった。

あまりおいしくない上、その夜釜山に着くとダウンした。食中毒ということで薬を飲み、ブルブル汗をかいた苦い経験がある。日本のわが家に早く帰りたいと思ったのは、その時の一回だけだ。韓国の薬局は医者の処方箋なしで薬を出してくれ、明朝はすっかりよくなっていた。韓国の薬局レベルは高く大助かりだった。

あれから三十年余り年月がたった。今頃は大連や韓国でも、おいしいウナギの蒲焼き料理が食べられるようになっただろうか。私の気にかかるところである。

今、日本の人口は一億三千四百万人ぐらいで年々五十万人ぐらい減り続けており、政府は必死の政策を次々講じている。

一方、世界の人口は約八十億人ぐらいで年々増え続けている。近い将来百億人になる予測がされている。さすれば、食糧危機がやってくる。今でも貧困にあえぐ人々は数多いというのに……。

この項で書いたような食物や下手物はみな上等の部類である。ヘビ、亀の類から昆虫に到るまで食物として注目、研究がなされている。

又、食糧危機の解決に向けて世界のトップ企業はゲノム編集技術を使って品種改良や病気に強い小麦などの開発に取り組んでいる。

(八) めぐみ廣田の大田植え祭

この神社には５００年以上の歴史を有する田植えの行事が伝わっている。昭和36年を最後にいったん途絶えたが、平成元年には復興した。その後、平成七年一月の阪神淡路大震災により残念ながらふたたび中止に追い込まれた。

それでもしぶとく、平成11年より神社界隈の各自治会や氏子の協力により、再々復興の陽の目を見た。誠に喜ばしいことで、西宮の歳時・風物詩としてこれからもしっかり続けられることを願う。

廣田神社は西宮市大社町にあり、阪神間を代表する官幣《かんぺい》大社であり、祭神は天照大神である。日本書紀には神功《じんぐう》皇后による神社創祀の記述もある。もともとの鎮座地は後方の甲山とも伝えられ、神功皇后が金の甲をそこに埋められたため甲山と名付けられたようだ。

廣田神社の背後の丘陵にかけては、兵庫県の天然記念物指定のコバノミツバツツジが群生している。四月上旬ともなれば、燃えるように咲きほこり鮮やかに彩られる。私は一度満開の時期に訪れ、その素晴らしさに感動した。※口絵参照　コバノミツバツツジ

さて、廣田神社の大田植え祭は本年（令和４）の５月29日の日曜に開催された。西宮市桜谷町に住む息子よりお呼びがかかり、いそいそと出かけた。

播磨路の山村に生まれた私は田植えは珍しくなかったが、古くからの神事とのことで興味津々であった。その上、今年は豊穣の使いである物忌童女《ものいみどうじょ》に孫の落山愛理が選ばれていた。この童女には地元の大社小学校六年の二人が選ばれていた。誠に目出たいことであった。物忌童女は田を清めるための御神水を手に持ち、神社より御饌田《みけでん》（神社の田圃《たんぼ》）まで運ぶ役である。

物忌童女の謂《いわ》れは、不吉を避けるため、ある期間飲食等を慎んで身体を清めていたが、現代はその風習はなくなっている。

当日は午前10時から、本殿で田長《たおさ》等の一行は田植えの無事と豊作の祈願、続いて神殿にお供えしてあった早苗と御神水を宮司より受け取って、太鼓の音とともに行列を組んで田に向った。※口絵参照　神殿に並ぶ早乙女たち

11時20分頃から、いよいよ田植え行事が始まった。御神水が田に注がれて清められ、田植えが開始された。子供たちは最初、泥に足を取られて「動けない」「こけそう」と悪戦苦闘していたが、やがて慣れた手つきになって早苗を植えていった。皆さん、ご苦労さん。

町の子供たちには見ることができない田植え行事を通して、苗の生育にも関心をもち、一年を通じての農家の栽培の苦労を知ることができる。又、私たちが毎日食べているお米が、

一朝一夕に食卓に運ばれていない事を知り、太陽の光や水、土など自然の恵みに感謝するというとても良い行事であると、私は思った。はなやかな早乙女たちの衣装に目をうばわれ、しばし時のたつのを忘れるほどだった。

物忌童女に選ばれた落山愛理は、平成22年の9月生まれで私の寅とは6廻りも違う。5歳ごろから字を覚え書くことが楽しくて仕方なく、父の転勤で熊本に行くと、私あてにこまめに手紙や葉書をよこしたのも愛理だった。判読に少し苦労したが、その都度返事を出してやった。ただ宛名も書いてあったが、そこはママが横に書いてやっていた。

やがて父が大阪支店に異動があり、西宮の新築の家に落ちついた。絵、書道、文章に親が驚くほど才能を発揮し、スポーツもバスケットに打ち込む活発な少女である。

ここで妹の千聖《ちさと》の横顔も紹介しておこう。千聖は小さい頃から好奇心が強く、ヨチヨチ歩きの頃から私の住んでいるシニアマンションによく遊びにきた。囲碁の部屋で早速、碁を教えてほしいと言って碁盤の前にすわり込んだ。その写真が今も私のスマホの写真集に残っている。

小学校に入り好奇心のますます強い性格は、昆虫の生態や魚、鳥などの生物にも興味をもち、研究熱心でもある。私は昆虫博士と呼んで「これはどうなの?」と、いろいろ質問をして教えてもらっている。
西宮市人権・同和教育協議会の広報「きづき」(令和3年9月発行)に落山千聖の「ともだち」が掲載された。広報より抜粋する。

絵　國政　展子

ともだち

西宮市立大社小学校
一年(現二年)　おちやま　ちさと

わたしは、はじめてがっこうにきたとき
ともだちがいませんでした。
でもAさんがともだちになろうってこえ
をかけてくれて、ありがとうのきもちで
いっぱいになりました。
そして、さらにともだちができたらいい
なとおもいました。
そして、Bさんがにばんめにともだちに
なりました。
そして、さらにがっこうがすきになりま
した。
これからがっこうがもっと、ともだちが
もっとすきになれたらとおもいます。
これからのがっこうがたのしみです。

【二〇二〇年度「めざめ」第三十集　より】

大社小学校には6年生の愛理、3年生の千聖、そしてこの二人の母親の妹の子に片山智晴《ともはる》くんもいて三人が勉強にスポーツにがんばっている。

この三人の祖母・植村寛子さんは、本年（令和4）の夏休みの理科・生活科の自由研究に三人とも入選していたと、目を細めて喜んでいた。

智晴くんのおじいちゃん、おばあちゃんは明石で少し遠く、コロナ禍のこともあり私に会う機会の方が多く「あしやのおじいちゃん」といってすごく懐《なつ》いてくれるので、二人の孫同様に目をかけている。

三人の研究テーマ

1年片山智晴「くもとてんきのかんけい」

3年落山千聖「せみのかんさつ」

6年落山愛理「牛乳でプラスチックを作る―プラスチックごみを減らして生き物を助けるために―」

これらの作品は西宮市のベイコム12ＣＨにて放送されたようだ。私の田舎での同時代と比べると、都会の学校とはいえ、この３人のレベルはうーんと高いように思える。私も孫たちのガンバリに負けないように、今日もペンを走らせている。

—付記—

物忌童女に選ばれた二さいの頃の愛理。

あいちゃんって　たのしいな

じいじ　さく

(1)あいちゃんはね
もうすぐ二《に》さいになるんだよ
ことばをね
もう　たくさん　おぼえたんだよ

おかしもおかねもしってるよ
ママがね
さがしものをしていてね
おかしいな　おかしいなといったらね
いっしょにくっついてきて
おかしちょうだいと　いったんだって
おかねちょうだいも　いったんだって
みんなこえをだして　わらったよ

それをきいた　じいじが
おかねをみせて
じいじもおかねちょうだいをききたくてね
でも
あいちゃんは　しらんぷりして
なにもいわなかったよ

(2)あいちゃんはじいじの
たからものいれが　きになってね
「たんけん　たんけん」
パパがいったら
のこのこ　やってきて
かわいい　ふくろうさんがたくさんいるのに
いちばん　こわいかおの
ほねでつくった　ふくろうを
つかんでママにみせにいったよ

ちいさな　こものいれもおきにいり
なんかいも　なんかいも
あけたり　しめたり
「マトリョウ　マトリョウ」

ちいさなこえがきこえたよ
ママをよんで
つうやくしてもらうとね
マトリョーシカ[※1]だってさ
むずかしいことば
よくおぼえたね

(3)おみやまいりのときに
がいこくじんのパパがいてね
「おなまえは」と　きいてきたよ
「おちやま　あいり」
ママがいったらね
「オウ　アイリー　ワンダフル
わたしのこどももアイリーよ」
にっこりわらって　たのしそう

みんなもつられて　にこにこ　にこにこ

(4)あいちゃんのパパはね
たろうさんなんだよ
♪あいちゃんは　たろうのよめにいく♪
そうはならないよ
パパのような
いいひと　みつけてね

あいちゃんのけっこんしき
じいじも　ばあばも
たぶん　いかれないよ
てんごくより　みているからね
そのときパパは
なみだを　たくさんながし

きっと　なきますよ

(5)
あいちゃんは
いま　しんしゅう[※2]で　あそんでます
パパのてんきんで
もっとちかくになったらいいのにね
もっと　もっと　あえるから
ゆびとゆびとのハイタッチ
おわかれしてから　もうひとつき

あいちゃん
きょうも　げんきしてますか
ないてませんか

おおきくなったら

この　てがみよんでね

じいじより

注1　マトリョーシカ（露・matryoshka）

ロシアの入れ子式民芸人形。

木製でその中に順番に小さな人形が、いくつか入れ子式に入るようにできている。

注2　しんしゅう

信州、長野県のこと。

――H24（2012）年・9・12の作品――

㈨　福の神招来の記

えびす信仰はご神体が海を漂っていたことで、海上安全または漁業繁栄のために祀られていたが、やがて家内安全、企業繁栄のためにも大勢の信仰者が増えていった。そして江戸時代に入ると地元酒造業との関係において、銘酒を次々と生み出していった。江戸の人々は「下《くだ》り酒」といって、灘の生一本は人気を博していった。

日本三大信仰

三大信仰は西宮神社の戎大神《えびすのおおかみ》、京都の伏見稲荷で主祭神は宇迦之御魂大神《うかのみたまのおおかみ》、そして大分の宇佐神宮で主祭神は八幡大神《やはたのおおかみ》であるといわれている。

中でも西宮の戎大神（恵比寿の神）は、エビスさん、エベッサンと親しく呼ばれ全国にその名は知れわたっている。特別に誰かから信仰を勧められるのでもなく、自然に人々に親しまれていった。世の中で数少ない、はなやかな神さまだ。

日本の創世神話に登場してくる伊邪那岐命《いざなぎのみこと》と伊耶那美命《いざなみのみこと》の子、蛭児《ひるこ》を戎大神の主祭神として祀ってあるのが西宮神社である。因みに初めての子が蛭児で、二番目の子は淡島《あわしま》、三番目が天照大神《あまてらすおおみかみ》で伊勢神宮の主祭神である。

伝えられるところでは、戎は三歳ごろまで足が悪く満足に歩けなかった。戎の父親はそんな彼を哀れんでよく海釣りにつれて出かけた。おかげで戎は釣りの達人になった。少年の頃には足もようやく癒《い》えて、一人で小舟に乗り大海原へと旅立った。大海原を漂って苦労をかさねる内に悟りを開き、人々を守護する神通力を身につけるようになった。

よくぞ鳴尾浦《なるおのうら》にお着きになられた事よ。漁師たちは網にかかった戎神像を神のお告げのままにお祀りした。

ここ地元でも赤ん坊が生まれてのお宮参りに始まり、七五三と成長につれて長く信仰の対象となっている。全国的によく知られた神社でもこの行事はよく行われている。私の子供たちや孫たちも宮参り以来ずっとお世話になっている。

福神生誕之圖（平澤定人画・西宮神社蔵）

私の酒とのつきあい―酒神に見守られて―

私は酒好きで日本に出回っている酒は、沖縄の泡盛、ウオッカ、テキーラは飲まないが、それ以外は愛飲してきた。男兄弟は私をいれて五人いるが、みんな酒を友にして人生を送ってきた。その兄たちも天寿を全うして、今は上の兄と二人だけになっている。

思えば母親の実家・尾田は姫路市船津町にあり、大きな造り酒屋の分家で、本家の酒造業では江戸時代から昭和の戦前にかけて大変賑わっていた。

私は灘五郷の酒造メーカーや京都の月桂冠の名で知れわたっている大倉酒造の見学会にもよく参加した。利き酒と称するコーナーに立ち寄るのが楽しみだった。

韓国人は焼酒やマッコリ、ビールなどで、日本酒はあまり飲まない。そう言えば、韓国に駐在していた頃（1984～1985年）、寒い冬の日にソウル市内をぶらぶら歩いていて、日本の燗酒《かんざけ》がやけに恋しくなって、赤ちょうちんがぶら下がっている店に入って注文すると、「正宗《チョンジョン》ですね。あたためてあげよう」と、マスターが言ったのを今でも覚えている。普通、韓国人には酒、焼酒などあたためて飲む習慣はない。正宗とつく銘柄は数社あるが、多分、大手の菊正宗が韓国統治時代に盛んに飲まれていた名残りだろうと思った。

私はサラリーマンの駆け出しの頃、帝国電機（現在、東証プライム上場）でポンプや撹拌《かくはん》機のセールスをしていた。化学会社やプラントメーカーが主取引だったが、酒造会社にも売り込みをかけた。剣菱や日本盛、大関等によく足を運んだ。

酒造会社の方は皆いい人で、いろんな事を教えてくれた。大関でこんな質問をしたのを覚えている。

「大関は相撲の役力士から付けられていると思いますが、横綱の銘柄を何処かの会社に付けられると、売上げが落ちませんか」

「心配無用です。横綱の銘柄登録も済んでいますよ。江戸時代は大関が最高位で横綱は、大関のうち最優秀の力士がそう呼ばれていて、階級ではなかったのですよ」

剣菱では確か専務が応対してくれて、討入《うちいり》の赤穂義士が飲んだ酒は剣菱だと教えてくれた。私はしばらく剣菱を愛飲するようにしていた。

やがて朗報が舞い込んだ。「タンクを何基か造るので、『テイコク撹拌機《かくはんき》』を考えているので打ち合わせに来て下さい」

納入も終わり撹拌機はタンクに取り付けられた。手形の受け取り日を確認したら「わが社は手形は切らない。現金で持って帰ってくれ」と、他社では考えられないことだった。さすがよく儲けておられると感心した。100万ぐらいの集金をして、落とさないかヒヤヒヤしながら営業所に帰った。

ところが、ところがである。

試運転のあった時、酒造組合のおえら方から、そんなに高速で酒を撹拌すると味が変わるとクレームがついた。

残念ながら、他社製の大きな図体をした堅形のベルトで速度を落とすユルユル撹拌機に変えられてしまった。私のショックは大きく、申し訳ないやら口惜しいやらで複雑な心境だった。

その後、他社でも「回転数を落としてくれ」の要望に応えて、わが社の技術陣は研究を重ね、「速度変調器」を取り付ける事で解決した。この方法が見つかったのは何年か後のことで、あの時、この方法がわかっておればと残念で仕方がなかった。

あのタンクの横に付けられていたテイコク撹拌機はその後どうなったのだろう。タンクの洗浄時にでも使用されたのだろうか。それとも速度変調器を付けて再使用されたのだろうか。この件について原稿を書くとなって、うすうす思い出しているが、歳月は六十年近く流れ去っている。

せっかく酒神が、こんな大きなチャンスを当社に与えてくれたのに回転数のことで期待はずれになってしまった。

通常、撹拌機では回転数よりもスラリーと称する小さな異物が混入しているのが問題で、日本盛に納入した「スラリー用撹拌機」はクレームが発生して対策に追われた。

私のサラリーマン駆け出しの頃の懐かしい思い出の一コマである。

ビールのえびすさん

日本酒以外にビールの世界にも酒神が福をもたらした。皆さんもよくご存知のサッポロの銘柄、ずばり「ヱビスビール」で、長年にわたり製造販売が続いている。戎の神が釣竿と鯛を持ち得意顔をしておられる。

私は本年（令和4）のサッポロ株主優待で、YEBISUの詰め合わせをもらった。バックカラーが通常の黄色以外に白、緑、青とあり、しばらくはエベッサンを眺めながら楽しく飲んだ。

えびすの森と傀儡師《くぐつし》

ここ戎の森は樹齢三百年以上のクスノキの大木もあり、フクロウなどの鳥たちにカブトムシャクワガタの虫たちが生息している。
表大門（赤門）の少し北の入口を入ったあたりに、神が宿っていそうな石がたくさん置かれている。
何年か前、お正月に西宮神社にお参りに行くと、神社の森近くでフクロウを捕えて、紐《ひも》を付け放し飼いにして、皆に見せていた。フクロウは不苦労とも書き、苦労知らずの幸をもたらすと言われている。古来より幸運の使者として有名で、数々のありがたい開運縁起から吉鳥として親しまれている。お正月早々、縁起のよい鳥を見せてもらって楽しかった。※口絵参照　戎の森に棲んでいたフクロウ
えびすの森は西宮市の景観樹林保護地区に指定されている。そして昔、この近くには傀儡《くぐつ》師《し》が大勢住んでいた。今も傀儡師の胸像が神社の近くにある。※口絵参照　傀儡師の胸像
ここまで戎信仰を全国的に広めていった原動力に傀儡師のことを思い起こそう。
平安時代より人形を操る技をもつ傀儡師は、えびすが鯛を釣る舞を披露して全国行脚をして信仰を広めていった。
私は小学生だった戦後まもなくの頃、播磨路の山村に傀儡師が二人やってきて、母親からご祝儀を受けとっていたのを見たことがあった。

傀儡師の芸能はやがて人形浄瑠璃へと発展し、文楽へとつながっていった。

奈良時代・万葉集の頃

大昔、西宮神社がある今の辺りは海辺であった。現在の廣田神社から阪神西宮、今津周辺まで内海を形成していた。夙川は蛇行し、越水山から入り江に注ぎこまれていた。その根元のところにエビスサンは鎮座された。※口絵参照　古代の陸地・現在の陸地

万葉集にこんな歌がある。

吾妹子《わぎもこ》は猪名野《いなの》は見せつ　名次山《なつぎやま》
角《つぬ》の松原いつか示さむ

ニテコ池の西にある名次山から見渡せる景色の中に、角《つぬ》（現在の津門《つと》）を中心とする海辺の様子がうたいこまれている。昔は西宮神社の大練塀《おおねりべい》の土を掘って「ネッテコイ」と呼ばれる練り場があったが、その跡地がニテコ池だ。

戎さんと大黒さん

えびす信仰はやがて大黒さんとペアとなり、戎・大黒として庶民の絶大なる人気をあつめることになった。ここで大黒天のことにもふれておこう。

大黒天はインドから伝わった神であるが、日本神話の大国主《おおくにぬし》命《のみこと》と同一視されるようになった。大国主命については神代の昔、因幡《いなば》の白兎の話をはじめ、数々のエピソードが語り継がれている。本年6月に友達の出版パーティが大阪府八尾市にある大黒天宮であり、お参りする機会があった。

昔々、大国主は須佐之男命《すさのおのみこと》の命令で野に放たれた矢を探しに行くこととなった。草生い茂る野に入るとかくれていた敵の火攻めにあい、四方が火の海となった。困った大国主の前に一匹のネズミが現れ、「内はホラホラ、外はスブスブ」とささやいた。内は洞で外はすぼまっているという意味で、おかげでそこにのがれて難を避けた。ここから大黒さまの使いはネズミとなっている。

次は『古事記』に登場する逸話である。南方熊楠《みなかたくまぐす》の「十二支考」によると、昔日光の中禅寺に経典を食い荒らす大ネズミがいた。捕らえようとしたが、必死で逃げまくりやっと捕え、その死骸に墨を塗り紙に捺《お》したところ、大黒天の姿が現れたという。
大黒さんは唱歌にあるように、大きな袋を肩にかけている。この歌は『古事記』にある出雲神話の一つだ。

大黒さま

石原和三郎　作詞
田村虎蔵　作曲

(1)　♪大きな袋を肩にかけ
大黒さまが来かかると
ここに因幡の白兎
皮をむかれて　あかはだか

(4)　大黒さまは誰だろう
大国主命とて
国をひらきて　世の人を

助けなされた神さまよ　♪

はて、あの大きな袋の中に何が入っているのだろう。近世、中世の物語には、さまざまな宝を取り出して福を与えたと書いてある。

例えば「隠れ蓑《みの》」「隠れ笠」「打出の小槌」「不老不死の功徳」等々、数えきれない福の種がつまっているらしい。

日本人にとって最も親しみ深い神さまは、何といっても戎さまと大黒さまだ。室町時代に庶民信仰の対象として広まり、やがて家の中に祀られるようになった。

家内安全、家内円満、金運増加を託され、茶の間や台所に鎮座して、日々の暮らしをひっそりと見守ってきた。

七福神について

福の神が二人から五人増えて七福神になり、さらにめでたくなったのが「七福神」。このメンバーの顔ぶれには、戎・大黒の他に毘沙門天《びしゃもんてん》、弁財天《べんざいてん》、寿老人《じゅろうじん》、布袋《ほてい》、福禄寿《ふくろくじゅ》。なかで日本生まれは戎だけで、あとはインド・中国系の混成チームである。
室町時代からしたしまれたが、メンバーが固定せず、やっと江戸時代の中期になって先程の七人に落ち着いた。そして文化文政の頃に文人が思いついたのが七福神巡りだ。

私も名古屋勤務の頃、お正月に長男太郎としたことがある。春日井市の七福神巡りで、行くところでミカン、モチ、お菓子等をもらって息子は喜んでいた。そして七福神の絵入りのスタンプを押してもらったのを記憶している。

毘沙門天は多聞天で四天王の一人。弁財天は琵琶を持ち音楽弁舌が巧み。寿老人は長寿を授ける神。布袋は大きな腹を出しユーモラスな神。福禄寿は福・禄・寿を兼ね備える。

七福神がそろって乗り込んだのが「宝船」。正月二日の夜にこの絵を枕の下に入れて寝ると、吉兆の初夢が見られると、お宝船を買い求めた。七福神の乗った絵には、上から読んでも下から読んでも同じ「回文」が書かれている。「なかきよの　とおのねふりの　みなめさめ　なみのりふねの

おとのよきかな」（長き夜の　とおの眠りのみな目ざめ　波のり船の　音のよきかな）

戎の神と酒造業

戎の神は恵美酒の神となり、ここ伊丹、西宮をはじめ灘地区一帯の酒造りに、大きな恵みを与えた。西洋にはローマ神話のバッカスと呼ぶ酒神がいるが、日本にも戎（恵美酒）という酒神がいて、酒造りや酒の甘口、辛口に大いに恵みを与えてきた。

因みに日本での酒造りの守り神は奈良の大神《おおみわ》神社、京都の松尾大社等がある。

令和2年（2020）に「伊丹諸白」と「灘の生一本」は日本遺産に選ばれている。日本の食文化である和食には日本酒が、その引き立て役を受けもっている。和食もユネスコ無形文化遺産に登録されている。和食や寿司、そして日本酒に、醤油がキッコーマンの名で世界の市場に躍り出ている。

最近では酒の輸出も盛んになり、皆さんの記憶に残っていると思うが、ノーベル賞の授賞式のパーティには精米歩合50％ぐらいにした冷酒が、ワイングラスに盛られ人気を博している。この酒は御影郷の神戸酒心館、「福寿」と呼ぶ銘柄である。

酒神が見守る酒造り

江戸時代の初め、伊丹の鴻池《こうのいけ》善右衛門が清酒を大量に製造する方法を考え出した。今の「白雪」の銘柄で名の通った小西酒造は酒造業の大手である。以来数十年の間に西宮にも清酒の大量生産が可能になっていった。

西宮に湧き出る「宮水」は、ミネラルも多く含んだ硬水で酒造りに適している。六甲山の雨水がしみこんだ花崗岩から湧き出てくる。酒米《さけまい》と呼ばれる稲の成長に必要な珪《ケイ》酸、マグネシウム、リン酸が、この地の水に多く含まれている。

酒神が宿るところの酒米で、最も優れているのが「山田錦」である。昭和11年に誕生している。米粒も大きく粒の心白と呼ばれる白い部分は、澱粉質で糖化されやすいと言われている。

酒造りは宮水、酒米以外に気候、すぐれた技の杜氏《とうじ》の四大条件が必須である。気候は六甲おろしとよぶ冷たい乾いた北風が、瀬戸内の湿潤の地に吹きおろしてくる。酒造りは冬の寒い時期に集中して行われ、気温が低ければ雑菌に汚染されずに品質が確保される。

酒神が見守り、良い水、良い米、良い気候風土に恵まれ、その上「丹波杜氏」の技術が、更に酒の品質、量産に大きな役割を果たしてきた。丹波地方から冬の農閑期を利用して出稼ぎに来る人の数は多く、一集団をつくり酒造りに励んだ。

その他で注目すべきは精米のことだ。長く足踏みで行われていたが、やがてこの西宮、芦屋、灘地区には川が多くあることから、水車を使うことで大量の精米ができるようになった。

私は以上のような酒造りの様子を「白鹿記念酒造博物館」に足を運び、あやふやな知識を確実なものにした。

西宮港発、江戸行き下《くだ》り酒

「下り酒」といって灘五郷の酒は、江戸の人々にもてはやされた。物事が「下らない」の語源はここからきているらしい。※口絵参照　新酒番船祝図
今でこそ酒造りは全国各地で良い酒が造られているが、おいしい酒の大量生産で関西が独り占めしていた。
通常、樽廻船の運行は紀伊半島を回り、鳥羽などの港で風を待ち江戸に向かっていた。しかし一刻でも早く江戸に届けたいため、遠く沖合の黒潮の早い流れを利用しようと船を操る人もいた。このため、海の藻屑となった者は数知れないらしい。※口絵参照　新酒番船航路

「福の神招来の記」あとがき

本年（令和４）西宮神社の重要文化財、保全修理工事の竣工記念事業として「えびす懸賞論文」の募集があった。テーマは「えびす信仰について」で大きな賞金がついていた。

文芸仲間で神社の氏子の方から募集要項が送られてきた。さて、何か書いてみようかと図書館で10冊ぐらい借りて目を通した。又、「白鹿記念酒造博物館」にも足を運んで準備をすすめていった。

ところが参考図書を拾い読みしていくと、微に入り細に入り「えびす信仰」については、既に諸先輩が書き尽くされているように私には思えた。学術論文は到底書けそうにないということで、一時はギブアップせざるをえなかった。

よくよく考えた末に、入選とか賞金とかは考えず応募することに意義があると、やっと決心がついた。そして論文形式ではなく、エッセイ風に書き綴った。

そしてペンを走らせているうちに、こんなことを思った。私が帝国電機の役員退任後になってから、９冊もの著書を出版できたのは、ひょっとすると、何回も参拝した西宮神社の戎の神に見守られ、力添えがあったのではないか。

このエッセイは今、準備している『私の青山探訪』に載せたいと考えている。そしてこの本が完成すれば、西宮神社に金一封を添えて奉納するつもりでいる。


えびす懸賞論文の締め切りは9月30日で、当日原稿をもって自転車で西宮神社に向かった。応対に出てこられたのは権宮司《ごん》の吉井良英《よしひで》氏だった。神職は宮司、権宮司、禰宜《ねぎ》とあり宮司は神主とも呼ばれている。

「懸賞論文ではなく、エッセイですが参加させて下さい」と言うと「いいですよ、ご苦労さんでした」と言われ談笑していると、「三冊の石の本、読みたいですね」と言われた。

後日、拙著を持って権宮司さんを訪ねると会議中で、事務所内の事務局員の栗生《くりう》春実さんが出てこられ、手渡した後、話をしていると彼女は「西宮神社文化広報」を担当されており、文芸仲間の奥喜代孝さんや岡本三千代さんのことはよくご存知だった。

私が神社境内にある吉井家二軒のことを尋ねると、宮司、権宮司の自宅だと聞いた。そして、このエッセイの参考図書『えびす信仰事典』を編纂されている吉井良隆氏は権宮司の父親であることも知った。

話は変わるが、廣田神社の新嘗祭の直会《なおらい》のパーティでお会いした宮司・西井璋氏は「実は私も西宮神社で務めておりました」と言われた。この一件で廣田神社と西宮神社の人的なつながりが、今も続いていることがわかってきた。

孫の愛理が物忌《ものいみ》童女に選ばれ、その関係で家族の一員としてこの会に参加することができ、ご馳走の折詰弁当やお酒も頂き楽しい一時だった。

今回の出版『私の青山探訪』を持って廣田神社にも金一封を添えて奉納したいと思っている。

いやはや、「人間到る処青山あり」である。

西井宮司は挨拶で今年の「海の日記念日」に兵庫県の官幣十社が両陛下より幣饌料を頂いた話をされ、この水引が黒白であったと話され、展示してあった。その横に紅の粉が置いてあった。この紅白の水引を水に濡らすと黒白になるらしい。私は何故、水引というかこの言葉の由来は、ここからではないかと考えている。

さて、少しは気にしていた懸賞論文の合格発表であるが、12月7日の書信にてやはり見送りとなっていた。お知らせの末尾の言葉として「今後ともえびす大神様のもと益々のご健勝をお祈り申し上げます」とあった。

では入選された方は、どんな方でどんなテーマを選ばれたのだろうか、早速「スマホ」の神社ホームページで確認した。

最優秀論文賞　河内厚郎　「水と芸能とヒルコ神」

優秀論文賞　後藤田瑠美　『西宮神社における神座との「近しさ」』

奨励賞　伊藤周太　「えびす神信仰の起源に関する考察」

その内容も掲載されていたが三人ともよく研究考察され賞に値する立派な論文であった。

河内厚郎《かわうちあつろう》氏は地元西宮市出身で確か孫たちの通う大社小学校から甲陽学院中学・高校、一橋大学出身の文化人・評論家で大学教授でもある。しかるべき方の最優秀論文賞であった。

㈩　ああ古里播磨路よ

猪篠川《いざさ》から市川へ

私が生をうけた地は、播磨路の一番北で中国山脈の分水嶺《ぶんすいれい》がある村だ。峠をこえれば、そこはもう但馬国である。そこには生野銀山があり姫路飾磨港までの、この播磨路※は「銀の道」と呼ばれ、かつては馬車なども行き来して繁栄した。生家のある大山村吉冨、現在の神崎郡神河町吉冨からも馬力引きが駆り出されていた。馬力引きの日当は安く不満もたまっていたらしい。

『播磨国風土記』によると、大昔、神さん二人ががまんくらべをした道とある。次はかつて私が古里「猪篠川」を詠んだ詩である。（H24（2012）年の作品）

〔注釈〕※　播磨路　播磨国《はりまのくに》は山陽道に属し別称は播州。現在でも播磨（播州）は兵庫県南西部を指す地域名。

猪篠川

古里に川は流れる
川の命は永久《とわ》にして
源流《みなもと》は何処にありや
雲に聳《そび》える白岩の
麓あたりにあると言う
猪篠の奥の森の中
猪が篠《しの》の中から睨《にら》んでる
猪は笹百合の根が大好きだ
笹舟浮かべ草笛聞きながら
ある時は白い泡を吹き
渦巻いて
ある時は池のように
流れを止めたまま

太古　播磨の国で
神様二人　がまん比べ
川沿いの道　但馬の国を目指して
一人は畚《もっこ》※1に埴《はに》※2を載せ　天秤棒《てんびんぼう》で担ぐ
一人はうんちがしたくてもがまん
二人はてくてく　てくてく
播磨の国もあと少しでお別れ
うんち辛抱の神はたまらず
熊笹の生い茂る中でしゃがんだ
小竹《しの》は重みをいやだと言ってはじいた
この地を波自加《はじか》村と呼ぶ
畚の神は笑って
「ああしんど　やれしんど」と
埴を投げ出した

この辺り一帯を埴岡郷と呼ぶ
埴と糞《ふん》は岩に姿を変えた
今の世も水辺の歌を聞いている

古里に川は流れる
川の命は永久にして
源流は何処にありや

猪篠川は村のはずれで越知川と合流し
やがて市川となる
今日も播磨灘を目指し
流れつづけている

〔注釈〕※1　畚（もっこ）　なわを網のように編んで、四すみに綱をつけたもの。
※2　埴（はに）　きめ細かい黄色がかった赤色の粘土。昔、瓦・陶器などの原料にした。

神河町の誕生

昭和30年になって大山村、越知谷村、栗賀村が合併して神崎町に、寺前村、長谷村が合併して大河内町になった。その後、さらに神崎町と大河内町が合同し神河町が誕生した。

かつてこれら村々は農林業を基幹産業として発展してきた。私の村には製材所が四ヶ所もあった。そして各農家には農作業用に牝牛が飼われ、生まれるベコ（子牛）は各家にとって、大きな収入源になっていた。

私の父は長く農協に勤務して、農業、林業、畜産業に大きく貢献したということで晩年国より功労賞をうけている。

神河町は今では「観光の町」として売り出し中である。かつての生野峠は神崎農林公園「ヨーデルの森」となり、ここにはアンデスの妖精と呼ばれる人気もの・アルパカにふれあうことができる。※口絵参照　「ヨーデルの森」と「アルパカの親子」

神河町川上には砥峰《とのみね》高原がある。秋には芒《すすき》の息をのむような風景が広がり、冬には雪の銀世界となる。この地は映画撮影の絶好の場所でもあり、かつての「ノルウェイの森」の美しく哀しい映画のワンシーンがよみがえる。※口絵参照　砥峰高原

カッパ妖怪の町・福崎

福崎町辻川には柳田國男・松岡家顕彰会記念館があり、その傍に生家が移築保存されて、重要民俗資料になっている。

十数年前に謙三兄とここの見学をしたことがあった。四畳半と三畳各二間の家で、二人とも「えらい小さい家やったんやなあ」と妙に感心をしたものだ。

神姫バスで姫路から実家に帰る道中、市川の川淵に「駒ヶ岩」が見える。ここは昔からガタロー（カッパ）が棲んでいると噂されていたところである。※口絵参照　ガタロー

國男は子供の頃ここでよく泳いでいた。毎夏一人ぐらいは尻を抜かれて水死した話を『故郷七十年』の中に書いている。

私は県立福崎高校に進学したが、当時男子マラソン大会は校門から市川町甘地まで走り、

この「駒ヶ岩」を見ながら駆け抜けた記憶がある。

昭和27年（1952）、柳田國男がこの福崎高校に孝《たか》夫人を連れて講演に訪れている。今年（令和4）の「和親会報」（母校通信）にその時の写真が載っている。

ちなみにこの号に、私が本校図書室に寄贈した石シリーズの姉妹誌の記事も掲載されている。だんだんと同級生があの世に旅立っていく中で、落山の文筆健在なりが紹介されていた。

以下母校通信の記事より。

故郷の福崎高校で講演する柳田國男
（昭和27年、『福崎高等学校卒業アルバム』より）

講演を終えて福崎高校正門前にて。椅子に座っているのは孝夫人。
孝夫人の左が柳田國男。

落山泰彦【高9回】
『石語り人語り』
『石を訪ねて三千里』

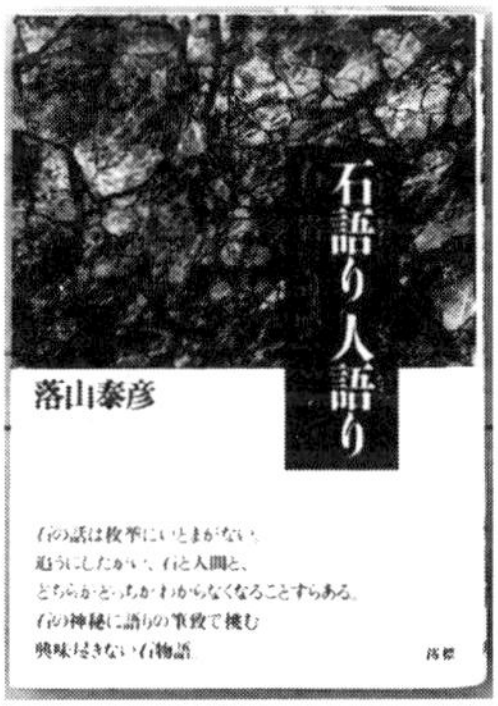

『石語り人語り』とその姉妹編『石を訪ねて三千里』を相次いで出版された。神河町出身で少年時代を過ごした故郷からの石の旅は、韓国・中国、エジプトにまで及んだ。

『石語り人語り』は、石の雨を降らせるキツネの伝説、柳田國男も採話した「長崎の魚石」などを独自の物語に再構成し、エジプトのロゼッタストーンにまつわる話もある。『石を訪ねて三千里』では、前著で執筆できなかった石とのかかわりを描き、巻末の幻想小説「石になった男」は読みごたえがある。いずれも本校図書室の卒業生の著書コーナーにある。

柳田國男の兄弟たち

柳田國男には兄が二人、弟が二人いた。柳田國男は五人兄弟の真ん中であった（実際は八人だが三人は早世）。

♪　身をたて名をあげ　やよはげめよ　♪

〝蛍の光〟と並んでかつては卒業ソングの定番〝仰げば尊し〟の一節。

この五人の兄弟、揃いも揃ってこの歌詞そのもの。すごい兄弟だ。長兄は松岡鼎《かなえ》。東京帝国大学医科に学んだ医者。千葉に住み、地方議会にも携わった実力者だった。次兄の井上通泰《みちやす》も東京帝国大学に学んだ眼科医。貴族院議員でもあり、国文学者としては万葉集研究の大家（著書に万葉全歌の注釈書『万葉集新考』）。

上の弟は松岡静雄。海軍兵学校を主席で卒業した海軍大佐。末の弟は松岡映丘（本名・輝夫）。東京美術専門学校を首席で卒業。大和絵の復興に尽力した明治画壇の重鎮。

と述べてきたところで、なぜ、松岡國男（のちの柳田國男）は伊良湖に行くことになったのか？　長期滞在のきっかけは？　この謎を想像力で追ってみたい。

私は兄の井上通泰、弟の松岡映丘の影響が大きかったのではないかと推理している。私の

想像はこうである。（この項「伊良湖岬を訪ねて」参照）

松岡國男（のちの柳田國男）は数え17歳（明治24年）のときから東京に出て兄の井上通泰の家に同居していた。この前年に通泰は東京帝国大学医科を卒業、病院に助手として働きはじめていた。輝夫（のちの映丘）はまだ11歳で、長兄の松岡鼎が面倒をみていた。

その翌年、井上通泰は故郷の姫路の病院に医師として赴任することになり、おそらくこの時（と、かってに想像を膨らませているが）、長兄の松岡鼎（33歳）の家に井上通泰（26歳）、松岡國男（18歳）、松岡静雄（15歳）、松岡輝夫（12歳）の松岡家兄弟が集まった。口火をきったのは長兄の鼎だった。「姫路へ帰れば必ずご先祖の墓参りをしてほしい。お前たちもよく知るように、父上も医者だったが、同時に仁寿山黌《じんじゅさんこう》で学んだ儒学者でもあった。また祖母の松岡小鶴《こつる》も医者であるとともに、漢詩文に優れた人だった。我々には代々医学と古典に精通してきた先祖の血が流れている。それが松岡家の誇りなんだよ」

ここで井上通泰が口を開く。「私もこの五年間、医学の勉学の傍ら万葉集にも取り組んできました。まだ勉学の途中ですが……」

ここで國男も口を開く。「万葉集で御兄さんの好きな歌を教えてください」

「そうだな、國男、万葉集四千五百以上の歌の中から、それでは一つだけ教えてやろう。麻続王《おみのおおきみ》という人の歌だ。この人は皇子であった人らしいが、どんな人であったかはわからない。ただやんごとなき方で身分は三位《さんみ》であったというのだが、罪を得て（どんな罪なのかも不明だが）伊勢国《いせのくに》の伊良虞《いらご》の島へ流刑されたというのだ。島の人たちは、麻続王《おみのおおきみ》という方は海人《あま》なのか、島の玉藻を刈っていらっしゃると噂したというのだ。麻続王はその噂を聞いて、歌で返すのだな。うつせみの命が惜しいので私は波に濡れて玉藻を刈って食べているのだ、という歌になる。こんな歌だよ。では詠ってみよう。

♪　打つ麻を麻続《おみ》の王《おおきみ》　海人なれや
　　　伊良虞《いらご》の玉藻刈り食《は》む

♪　うつせみの命を惜しみ　波に濡れ
　　　伊良虞の島の玉藻刈り食む

※万葉集では伊良湖を伊良虞と表記している。

この日の思い出は、國男の心に深く刻まれた。その5年後、末の弟、17歳の輝夫（のちの松岡映丘）が絵の世界で知り合った、当時売り出しの挿絵画家・宮川春汀《しゅんてい》を國男に紹介した。

当時、輝夫は土佐派に入門し、子供の頃から好きだった日本画を本格的に修行しはじめていた。

この宮川春汀は、松岡國男（のちの柳田國男）よりも2歳年上で、松岡輝夫（映丘）よりも8年年上である。この年上の人をあえて兄の國男に紹介したのは、宮川春汀の生まれ育った地が渥美半島伊良湖《いらご》であると聞いたからだった。今は姫路に帰っている通泰兄さん（井上通泰）が詠ってくれた、あの万葉の地じゃないか！　よし、國男兄さんに宮川春汀を紹介しよう！

こうして國男は、伊良湖の美しい浜辺の光景を宮川春汀からきくことになった。しかもきけば、宮川家は渥美半島きっての豪商で、江戸時代には伊能忠敬も宮川家に滞在し測量を行ったらしいと聞き、いよいよ伊良湖への思いが募る國男だった。こうして宮川春汀の口利きで、松岡國男（のちの柳田國男）は明治31年に約一ヶ月余り、伊良湖に滞在することになった。

柳田國男と水木しげる

柳田國男といえば何と言っても『遠野物語』だ。その前に彼の履歴を記しておきたい。彼は現在の兵庫県福崎町で、松岡家に生まれ育っている。明治30年に東京帝国大学法科に入学。明治33年に卒業し、農商務省に勤務。翌年、27歳で柳田家に養嫡子《ちゃくし》として入籍。明治37年柳田孝《たか》と結婚。

初めて岩手県遠野を訪れたのは明治42年35歳の時だった。翌年名作として名高い『遠野物語』を執筆している。(以上、これまでの年齢は数え年)

遠野物語といえば、遠野に伝わるカッパ伝説、天狗、座敷わらし、オシラサマ、その他妖怪があふれている民話伝承の紹介というイメージだが、「妖怪」といえばこの人、水木しげる。ゲゲゲの鬼太郎をはじめ、様々な妖怪世界を展開した漫画家である。しかし、「妖怪」を紹介した元祖といえば、やはり柳田國男だ！

水木しげるに、『水木しげるの遠野物語』という漫画単行本がある。平成20年から「ビッグコミック」に2年間連載され、平成22年(２０１０)に小学館より発行された。なおこの年は、柳田國男が『遠野物語』を自費出版した１９１０年明治43年から百周年にあたる年であった。柳田國男は水木しげるが最も尊敬していた人であったようだ。

水木しげるといえば妖怪。妖怪の町といえば、鳥取県境港の〝水木しげるロード〟が有名で、歩けばヨーカイに逢えてユカイだ。

そして境港に負けず劣らず有名なのが、柳田國男の故郷、妖怪の町・兵庫県福崎町。町のいたるところで妖怪ベンチが設置されている。

播磨路に先祖ゆかりがあるお二人

二人は『別冊關學文藝』の同人である。

『別冊關學文藝』第61号に、同人の松本篤弘さんが「松本道弘・篤弘兄弟、半世紀―文武両道を往く―」を発表されている。空襲のとき、祖母の実家に疎開体験したことを記述されている箇所があり、《余話》として柳田國男について触れられているので引用する。

「私たちが疎開した神崎郡川辺村（現市川町）に隣接する辻川村（現福崎町）から民俗学の祖・柳田國男が生まれている。祖母こよの出自は辻川村で旧姓は松岡、柳田國男の旧姓も松岡である。家系図によると、柳田國男の祖父は医者・中川陶庵で、私たちの遠縁に川辺村の一家から嫁いできた女性がいる。狭い隣村同士である。松本、松岡、中川のルーツを辿れば、柳田國男とは何らかの関係があるのではないかと思っている。」

次に、兵庫県神崎郡の**神河町**、**市川町**、**福崎町**の位置関係を記したマップを添付する。神河町は落山家の実家がある町。市川町は松本氏の祖母の実家があったところで、彼が77年前に疎開していたところ。そしてその南側が松岡國男（柳田家に入籍し、松岡から柳田姓にかわるのは明治34年）が生まれ育った福崎町である。

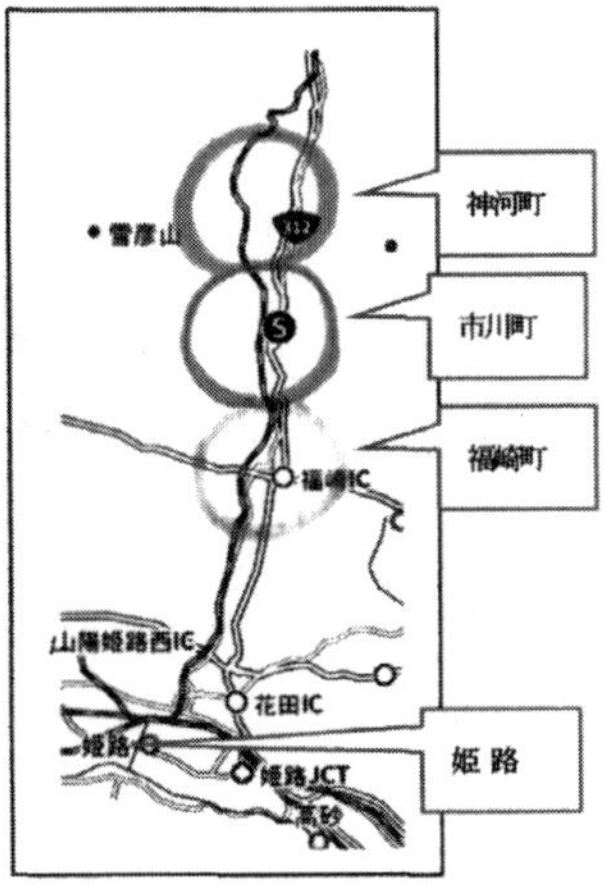

また、『別冊關學文藝』第62号では、発行人の伊奈忠彦（遊子）さんが頼山陽について触れた文章のなかで先祖の姫路藩奉行であった伊奈高鑑《こうかん》が、家老・河合漢年の片腕として、私塾・学問所・仁寿山黌《じんじゅさんこう》の設立や、頼山陽の姫路招聘に尽力した話を書かれている。このとき頼山陽は仁寿山黌の塾生たちと共に姫路郊外の海に遊び、蘇東坡の「赤壁の賦」を朗唱した逸話を残している。ところで、柳田國男の父の松岡操《みさお》は若き日、姫路藩の仁寿山黌や、藩校・

好古堂で学んだのち、医者となっているが、伊奈高鑑の息子の伊奈高堅、その息子の伊奈惜陰も仁寿山黌で学んでいる。おそらく伊奈家の先祖たちも、松岡操をよく知る間柄ではなかったかと伊奈忠彦氏は想像している。

母の実家のこと

母・落山すみゑ（旧姓・尾田すみゑ）の実家は神崎郡船津村（現・姫路市船津町）にあり、尾田家一族は本家（本宅）分家（新宅）別宅で結ばれて、本家は大きな造り酒屋であった。母は分家の三女で生まれ、長女（みわ）は本家に嫁いでいる。次女（こみゑ）は大山村吉冨（現・神河町吉冨）の松岡家に嫁いでいたことで、母もその縁で落山家に嫁いできた。分家の尾田二一には子供がなく、私の次兄・正彦が赤ちゃんの時、養子としてもらわれていった。

尾田龍が育った蔵屋敷は明治十年に祖父・龍平次が建てたという。龍平次には長女コトラ、長男の眼龍、次男の龍信と三人の子がいたが、長男の眼龍がまだ年少であったため、コトラに養子をとって家を継がせた。大庄屋の息子で高見徳治という。

尾田徳治は成人した龍平次の長男眼龍に本家を明け渡して、家の前にあった別宅へ移った。村では本家に対して「別宅」と呼んだという。

私が大学に入学して本家に遊びに行くと、酒造業はとっくにやめられ、眼龍、みわの老夫妻がひっそりと暮らしておられた。母すみゑと本家との関係を聞くと、「何も知らないのね」と笑われたのを思い出している。

本家と分家の連絡は名犬が風呂敷の重箱をくわえて持ち運んでいた。

本家の酒造業では銘酒「花鳥山」が播磨路で人気が高く江戸時代から栄えており、いつしか姫路藩のお気に入りとなり、殿より金屏風《びょうぶ》を戴いている。もっともその屏風は今では所在不明でどこかの寺に眠っていることだろう。戦局が思わしくなくなると政府の企業整備の方針で酒造業はやむをえず止められた。

別宅の尾田龍は画家として有名で、いくつかの作品が姫路美術館に展示してある。縁とは不思議なもので「別冊關學文藝」たまづさの投稿がきっかけとなり、尾田龍の娘・吉田稲子は現在この文芸誌購読会員になっている。

酒造業の尾田本家の屋敷は、現在香寺民俗資料館になっている。何年か前、そこに訪れた義幹兄と謙三兄と私は、懐かしさがこみ上げて立ち去りづらかったのを記憶している。

※口絵参照　旧尾田本家　現　香寺民俗資料館

尾田分家家系図

屋号 大谷屋
尾田 源二

屋号 南屋敷
内藤 りよう

(尾田) みわ
(松岡) こみゑ
(尾田) 二一
(落山) すみゑ

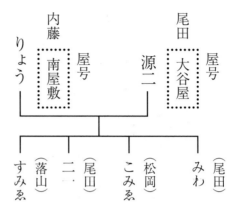

あとがき

序で無量寿経の一節「和顔愛語《わげんあいご》」を紹介した。ここに終わりの言葉として日蓮の遺文より、「石中の火、木中の花」を紹介しておきたい。

この言葉は私が語る前に金子みすゞの詩に、このことと一致するものがあると思うので紹介しておこう。

星とたんぽぽ

青いお空のそこふかく、
海の小石のそのように、
夜がくるまでしずんでる、
昼のお星はめにみえぬ。
見えぬけれどもあるんだよ、

見えぬものでもあるんだよ。

以下二連に入って、たんぽぽをうたったところでも昼間の星と同じように、散ってしまっても強い根は春のくるまで隠れているのだよと詠っている。

金子みすゞは大正期から昭和初期にかけて活躍したが、26歳という若さで亡くなった。短い生涯にもかかわらず５００余篇の詩を残した。

日蓮は「観心本尊抄《かんじんほんぞんしょう》」の中で、私たちは目に見えない大事なものの存在を見落としがちであると述べている。

金子みすゞは日蓮の「石中の火、木中の花」という聖語をよく理解して、その上で「星とたんぽぽ」をうたったのだろうか、それとも偶然にこの聖語と同じ内容の詩になったのだろうか、私には知る由もないが、何れにしても金子みすゞのこの詩もすばらしい。

「石中の火、木中の花」の意味は、石と石をすり合わせると火花が散り、やがてそれは火となる。冬の枯れ木は一旦は枯れたように見えるけれど、早くも新芽の準備をして春を待ちわび花を咲かせるのだ。枯れ葉は木の下につもり堆肥《たいひ》となっている。

実際、私たちは自分の目で見る物しか見ていなく、やがて姿を変えるであろう事などに気がつかない場合が多い。枯れ木は春になれば花を咲かせるのは、わかるとしても、石を見て火花や火を想像することは至難である。

テレビや新聞の報道だけではその奥にひそんでいる事実はわかりにくい。それを見たり読んだりする、つまり受け手がわの能力にある。ニュース解説の番組や解説記事だけでは、その奥に隠れている真実は読みとれないのが通常である。逆に解説者の方にも時には世間の人々にしっかりした思い切った解説が出来ず、背中のカユミのようなもどかしさが生じることもあるだろう。

ここではそれ以上のことは語らないが、あたたかい本当のことを知るということは、まだ春浅き頃、地下にあって命をたくわえている花々の根を想像して、覗き見をするのと同じようなものだ。

そんなことを思いながら、この一冊を編んだ。うまく書けたかどうか、いつものとおり不安がよぎるが、皆さんの手に取って頂くことを決意した次第だ。

『石たちの棲《す》む風景』の出版以来、九冊目の課題として残していた亡き妻との思い出は『忍び音』で非売品として発刊できた。そしてこのエッセイ集に取り組んだ。倉橋先生より「エッセイを書くのなら、内田百閒のように後世に残るものを書きなさいよ！」とハッパをかけられた。少しでも、それに近づいておればよいのだが……。

今回のこの『私の青山探訪』は小学生から百歳の方まで巾広い層の方に読んで頂きたい。小学生には少し難しいところもあるが、やさしいところもたくさんある。

今回の『私の青山探訪』も例によって出版社の松村信人氏、データ作成の山田聖士氏、装幀の森本良成氏にお世話をかけ発刊にこぎつけられた。皆さん、いろいろありがとう。

令和4年（2022）師走もおしせまった頃に

『私の青山探訪』に寄せて

倉橋 健一

本書のなかには七福神など、仕合わせをもたらす神々がたくさん出て来るが、作者の落山泰彦という人自身、まことにほがらかで人なつっこい性格。誰にもにこにこして自分から語りかける。相手がどんなむっつり屋であってもいっこうに気にかけない。

この落山さんにふとした桟縁で出逢ったのは十年ちょっと前だった。その日のことを私は忘れない。まさにえびすさんの生まれ変わり。たちまち私も巻き込まれて、ほろ酔い桟嫌のあいだに、あれを調べて、あれを書いたらとどっさり言いたい放題。すると、この人、本気になって足を運んだり、難書を広げたり。

六十の手習いならぬ七十を初心とこころえて、あれよあれよと十年ちょっとのあいだにこの書を入れて十冊の著作を持った。流行作家並みに。

高齢化社会にあって、まさにみずからの手で生命《いのち》を燃焼させる、格好のお手本といっていいだろう。元気をもらえること請け合いの一冊だ。

参考図書一覧

『「縮み」志向の日本人』　李御寧《イーオリョン》　講談社文庫
『中国総合版』　ラテラネットワーク
『地球の歩き方　上海杭州蘇州』　ダイヤモンドビッグ社
『百鬼園随筆』　内田百閒　新潮文庫
『内田百閒　文藝別冊』　河出書房新社
『百閒愛の歩み・文学の歩み』　酒井英行　有精堂出版
『別冊太陽　内田百閒』　平凡社
『日本唱歌集』　堀内敬三・井上武士編　岩波文庫
『日本童謡集』　堀内敬三・井上武士編　岩波文庫
『童謡―心に残る歌とその時代』　海沼実　ＮＨＫ出版
『唱歌・童謡ものがたり』　読売新聞文化部　岩波文庫
『ご当地ソング大百科』　合田道人　全音楽譜出版社
『韓国歌謡史』　朴燦鎬《パクチャンホ》　晶文社
『食指が動く』　邱永漢　中公文庫
『漢方薬膳料理』　曹希平　京都書院
『神社参拝』　監修　岡田荘司　主婦の友社

倉橋健一氏（右）と筆者

『えびすさま　よもやま史話「西宮神社御社用日記を読む」』　西宮神社文化研究所編
　神戸新聞総合出版センター
『古代政治社会思想　日本思想大系８』「傀儡記」大江匡房　大曽根章介校注　岩波書店
『ゑびす大黒―笑顔の神さま』東京ＩＮＡＸ出版
『神仏信仰事典シリーズ２　えびす信仰事典』吉井良隆編　戎光祥出版
『播磨国風土記　ところどころ』田中荘介　編集工房ノア
『故郷七十年』柳田國男　神戸新聞総合出版センター
『柳田国男　遠野物語』石井正己　ＮＨＫ出版

落山 泰彦（おちやま やすひこ）

1938年（昭和13年）兵庫県神崎郡神河町吉冨に生まれる。
兵庫県立福崎高校卒、関西学院大学商学部卒。
㈱帝国電機製作所（東証一部上場）の役員を退任後、
文筆活動を続けている。

著書『雲流れ草笛ひびき馬駆ける』（2011年2月）㈱澪標
『目に青葉時の流れや川速し』（2012年7月）㈱澪標
『花筏乗って着いたよお伽の津』（2013年12月）㈱澪標
『へこたれず枯野を駆ける老いの馬』（2015年4月）㈱澪標
『蚯蚓鳴く今宵はやけに人恋し』（2017年6月）㈱澪標
『石語り人語り　石や岩の奇談をめぐって』（2018年12月）㈱澪標
『石を訪ねて三千里』（2019年12月）㈱澪標
『石たちの棲む風景』（2021年6月）㈱澪標

現住所　〒659-0035 芦屋市海洋町12番1-418号

私の青山探訪

二〇二三年一月三十一日発行

著　者　落山泰彦
発行者　松村信人
発行所　澪標《みおつくし》
大阪市中央区内平野町二-三-十一-二〇三
TEL　〇六-六九四四-〇八六九
FAX　〇六-六九四四-〇六〇〇
振替　〇〇九七〇-三-七二五〇六
印刷製本　亜細亜印刷株式会社
DTP　山響堂 pro.
©2023 Yasuhiko Ochiyama
落丁・乱丁はお取り替えいたします